# 十三歳の誕生日、皇后になりました。4

石田リンネ

イラスト／Izumi

目次

# 十三歳の誕生日、皇后になりました。4

## 人物紹介

**蕗莉杏**（ろりあん）

まだ十三歳の
赤奏国の皇后。
暁月のことが大好き。

**暁月**（あかつき）

赤奏国の皇帝。
「ちょうどいいから」と
莉杏と夫婦に!?

暁月に呼ばれてやってきた
元道士。

赤奏国の将来有望な
若手文官。

進勇の従妹で、
数少ない女性武官。

武官。暁月が
禁軍にいたときの部下。

暁月の乳兄弟で従者。
文官を目指していた。

翠家の嫡男で武官。暁月と
幼いころからの付き合いがある。

# 序章

かつて大陸の東側に、天庚国という大きな国があった。

天庚国は大陸内の覇権争いという渦に呑みこまれ、分裂する形で消滅した。

新たに誕生した国は、黒槐国、采青国、白楼国、赤奏国の四つである。

このうち、南に位置する赤奏国は、国を守護する神獣を『朱雀』に定めた。慈悲深い朱き鳥である朱雀神獣は、いつだって皇帝夫妻と民を慈しんでいる——……と言われていたのだが、あるときから飢饉が続いてしまう。

そんな苦しい時代に、『暁月』という名の皇子が生まれた。

暁月の母親の実家である『翠家』は、歴史ある名家だけれど、暁月を皇太子にするような力はなかった。他の皇太子候補が流行病で次々に十人ぐらい亡くなれば、暁月は皇太子になれるかもしれない……という立ち位置だったのだ。

暁月もまた、皇帝になろうという気はなかった。国が大変なことはわかっていたけれど、誰かがなんとかすると思っていたのだ。

——ほら、いるだろう。救国の将軍とか、彗星のように現れるすごい軍師とかさ。

いつのころだろうか。暁月は、助けてくれる人が現れないことをようやく理解した。そして絶望した。このままでは本当にこの国が滅んでしまうかもしれない。

暁月は、国を救うために立ち上がるしかなかった。

異母兄である当時の皇帝が急死したあと、正しい手順を守りながら強引に即位した。

侵略戦争をすべて中断し、内政に専念した。

異母兄の堯佑による反乱を、戦うことなく終わらせた。

自分のことばかりを考える官吏たちを叱咤激励して上手く指揮を執り、民の救済を最優先する皇帝『暁月』は、誰がどう見ても名君と呼ばれるに相応しい。

これだけ素晴らしい皇帝ならば、皇帝のための後宮にも素晴らしい妃が集まっているだろう……と考えたくなるけれど、暁月の後宮にいる妃は、まだ皇后『莉杏』だけである。

「陛下、そろそろお休みになりませんか？」

皇帝の寝室から出てきたのは、十三歳の唯一の妃だ。艶やかな黒髪に、きらきらしている翡翠色の瞳をもつ、とても愛らしい幼い少女である。

莉杏は、十三歳の誕生日に、茘枝城にいる皇帝へ後宮入りを願いに行った。

謁見の間にいたのは即位する直前の暁月で、莉杏は暁月を皇帝だと思いこみ、「わたくしを貴方の妃にしてください！」と言ってしまったのだ。

暁月は、即位の儀式に妻が必要だったので、ちょうどよく現れた莉杏を騙し、そのまま結婚し、莉杏を皇后にしてしまった。

莉杏が騙されたことに気づいたときには、すべてが終わっていた。そして、皇帝になった暁月から、赤奏国の現状を教えられた。

莉杏は、厳しい現実を知ったあと、暁月に「自分にもできることはないか」と問いかけることができる少女だった。

皇后になってからの莉杏は、暁月と共に国を一生懸命に支え、いずれは立派な皇后になるだろうと、周囲に温かく見守られている。

「おれはこの手紙を読んでから寝るよ」

「わかりました。……あら、とても綺麗な字ですね」

手紙を包む紙に書かれている『皇帝』という文字は、視界に飛びこんでくるほど美しい。墨は瑞々しさを感じるような濃さの黒色。筆運びは繊細ながらもさらりとしている。近くで見れば字の優美さが伝わり、遠くから見たら全体の形が見事に整っていることがわかる。

書の勉強中である莉杏は、こんなにも美しい字を書く人がいるなんて、と驚いた。

「こいつ、もうすぐ茘枝城にくる。書を教えてもらえ」

「本当ですか!?　この方のお名前は？」

きっと地方にいる官吏で、中央に呼び戻されるのだろう。

莉杏は新しい書の先生を歓迎した。

「名前は『明煌（めいこう）』。おれの遠縁（とおえん）……というには少し近いのか？」

「ご挨拶（あいさつ）できる日が楽しみです！　陛下、わたくしは寝室でお待ちしますね！」

莉杏は喜びながら寝室に戻った。

暁月は手紙に視線を落とし、読むことに集中する。しかし、文中に書かれていた『明煌』という名前のところで、一度読むのを止めた。その字だけ、ほんの少しのぎこちなさがあるのだ。

「まぁ、そうだろうな。おれが勝手につけた名前だから、まだ書き慣れないだろうよ」

周囲の都合で名前を二度も変えられるなんて気の毒だな、と暁月は呟（つぶや）いた。

# 一問目

莉杏は、後宮に『お手紙箱』というものを設置した。

お手紙箱は、要望や不満や愚痴や嬉しい話などを聞いてほしいときに、手紙にしてお手紙箱へ入れておけば、必ず莉杏が読んでくれるという後宮の新しい制度である。

——誰も私のことを見てくれない。

そんな絶望を抱えている人の小さな希望にしたくて始められたものだ。

莉杏は、お手紙箱の制度をつくるときにあれこれ考えた結果、名前を書かなくてもいいので気軽に使えるけれど、返事をもらえるかどうかと、要求に応じてもらえるかどうかはわからないことにした。

いずれはこのお手紙箱を国内のあちこちに設置したいけれど、まずは後宮という小さな範囲でやってみて、改良してからの話だ。

今の後宮には、莉杏以外の妃がいないので、後宮を維持するための最低限の女官と宮女がいるだけである。全員から手紙をもらったとしても、莉杏一人ですべて読めてしまうので、『とりあえず試してみよう』ができた。

「わたくしは、とても優しいお手紙をもらってばかりだわ」

最近、設置したお手紙箱に、ときどき手紙が入るようになった。どの手紙にも莉杏を気遣う言葉が書かれている。きっと女官たちが気を利かせてわざわざ入れてくれているのだ。

「最初はわたくしの思いつきに女官がつきあうだけになると、陛下もおっしゃっていたもの。本来の使い方ができるようになるまで、ゆっくり焦らずやっていきましょう」

『南の庭にお花が咲きましたよ』『この間の闘茶はお見事でした』という内容も、女官が後宮の日常の中から感じ取ったものの一つだ。これも大事にしていきたい。

「今日のお手紙にはどんなことが書かれているのかしら。えぇっと、これは……!?」

——反乱が発生したときに、後宮を離れる者がいました。戻ってきてくれた者もいますが、戻らなかった者もいます。ようやく後宮内が落ち着いてきましたので、新しい女官や宮女を入れてみてはいかがでしょうか。

「新しい女官……！」

莉杏は、新しい妃がくることばかりを考えていた。

しかし、この手紙のおかげで、やっと大事なことに気づく。

「新しいお妃さまがきたら、女官や宮女たちがとても忙しくなります。忙しくなってから人を増やすと、もっと忙しくなります……！」

妃のいない今だからこそ、新しい女官や宮女を入れて、新人教育に専念できるようにすべきではないだろうか。

莉杏はようしと意気ごみ、椅子から勢いよく立ち上がった。

お手紙箱の設置を提案したのは莉杏だ。しかし、なにもかも莉杏が最初から決めたわけではない。具体的な運用方法は、文官の舒海成と女官長に相談しながら決めていた。

莉杏は、お手紙箱を気軽に使ってほしいと皆に告げたけれど、そこは勿論、女官長が制限をかけている。女官長は女官たちに「手紙を入れる前に私に見せるように」と言い、必ず内容を確認していた。

そんな中、女官の数を増やしてもいいのではないか、という声が女官から出てきた。

女官長もちょうどそのことについて考えていたので、いい頃合いだろうと判断し、とある女官に要望の手紙を書かせ、手紙箱に入れさせたのだ。

「わたくし、女官や宮女の数を増やしたいと思うのです。女官長はどう思いますか？」

莉杏に相談された女官長は、笑顔で頷く。

皇后の莉杏は、素直で賢く、いずれは立派な皇后になるお方だ。

女官や宮女を増やすという話も、実際に女官の指導をしている女官長にまずは相談するという、とても助かる判断をしてくれた。

「はい。私も女官や宮女の数を増やしてもいい頃合いだと思います」

「なら、早速進めていきましょう！」

よかった、と莉杏は笑顔になったあと、具体的にどうするのかがさっぱりわからなくて、はっとする。

「女官選びや宮女選びというのは、今までどうやっていたのですか？　妃の後宮入りは、皇帝陛下にお願いして許可が出てからということなら知っているのですけれど……」

皇后の莉杏は、後宮の管理人だ。今までに色々な皇后教育を受けてきたけれど、それでもまだわからないことばかりである。

「通常は新皇帝陛下の即位に合わせて、女官試験と宮女試験を行います。このとき、女官も宮女もほとんど入れ替えますので、かなり大がかりなものになりますね。それから、三年ごとにも試験を行っています。女官試験にも宮女試験にも推薦状が必要なので、まったくなにも知らない娘が試験を受けにくるようなことはございません」

女官長の説明に、莉杏は驚いてしまった。

（本人の希望だけでは応募できないのね。物語とは違うみたい）

やる気と能力をもつ人の中から、試験で「これだ！」という人を選ぶのだろう。

「宮女の採用につきましては、我々がすべてを任されています。官位のない者は、皇后陛下に拝謁することができないからです」

「わかりました」

身分に関する決まりは、とても細かい。莉杏は「それは必要なのかしら」と思うときもある。けれども、暁月に「本当に必要かどうかを判断できるようになるまでは、とりあえず守っておけ。でもきちんと考えておけ」と言われているので、その通りにしていた。

（お手紙箱も今は女官限定の制度なのよね）

いずれは宮女も、と思っている。実現までの道のりは長そうだ。

「女官試験につきましては、皇帝陛下や皇后陛下にもご協力を頂いております」

「わたくしと陛下も、ですか？」

「はい。先の皇帝陛下と皇后陛下は、最後に女官候補の顔を見て、合格かどうかをお決めになっておりました」

「あ！　女官も皇帝陛下の妃になる可能性があるからですね。最後に人数を絞るとき、陛下のお好みを大事にすることなら、わたくしも知っています！」

女官長は、上手くぼかそうとしていた部分を嬉しそうに語る莉杏を見て、逆に言葉に困ってしまった。

「それで、その、皇后陛下。今回の女官試験は、人数を絞らなくてもいいと思うのです」

「希望者を全員採用するのですか？」

「いえ、勿論しっかり試験を行います。女官としての資格ありと判断された者は、全員合格にしてもいい……というのはどうでしょうか」

「それはとてもいい案です！」

女官長の方針なら、有能な人が採用人数によって落とされる、ということがなくなる。少しばかりの余裕がある今だからこそできることだ。


夜、莉杏は寝台に入ってきた暁月に、女官試験と宮女試験の話をした。

「陛下！　わたくし、後宮の女官と宮女を増やそうと思います！」

わくわくしている莉杏とは対照的に、暁月は心底どうでもいいという顔をする。

「いいんじゃない？　新人教育中は、いつものような仕事ができなくなる。暇なうちにやっておくのはありだ」

暁月は、女官長と同じことを言った。上に立つ者は、いつ採用試験を行うべきかを、自分で気づかなければならないのだ。

（わたくし、次こそは……！）

立派な皇后というものが、またちょっとだけはっきりする。

「女官の最終試験は、陛下とわたくしの面接になるそうです。陛下はどんな女官がお好みですか？」

莉杏はどきどきしながら答えを待っていたけれど、暁月は女官試験に興味をまったく示さなかった。

「後宮の女官なんて、仕事ができるんだったら誰でもいい。おれの面接は必要ない」

「ええっ⁉　陛下による面接は決まっていることなのではありませんか？」

「女好きな皇帝が勝手にやっていただけだろ」

暁月は皆の前で「いつかはおれも後宮で女にちやほやされながら酒池肉林したい」と言うこともあるのに、莉杏と二人きりになれば「女に興味はない」になってしまう。どちらが暁月の本当の姿なのか、まだ莉杏には判断できなかった。

「ですが陛下、女官は陛下の妃になることだってあります。きちんとお選びになった方がいいと思うのです」

後宮物語には、宮女から皇后になった話も、女官から皇后になった話もある。

女官も宮女も、未婚の女性でなければ採用試験を受けられず、後宮にいる間は結婚できないという決まりもあるのは、皇帝の妃にいつなってもいいように備えているからだ。

「あんたさぁ、おれの寵愛を女官に与えたいわけ？　おれのことが好きなのに？」

暁月が莉杏の心配を鼻で笑えば、莉杏は寝転んでいた暁月の上に乗る。

「わたくし、陛下の寵愛を頂くための努力と、皇后としての仕事の両方をしなければなりません。そう、世継ぎ問題は皇后の仕事の一つです！」

「……誰だ、こいつに入れ知恵したの」

　暁月は、想定外の話が始まったことに混乱し、犯人捜しをしてしまう。

「後宮物語には、世継ぎ問題が必ず出てくるのです。世継ぎのない皇帝陛下には、妃や女官をとっかえひっかえしていただかなければならないのです」

「偏った知識だなぁ。間違ってはいないんだけれどな。……で、あんたにはおれの世継ぎを産む気はないわけ？」

「あります！」

　莉杏は暁月に顔をぐっと近づける。

「後宮物語の主人公が皇后以外のとき、皇后に子どもがなかなかできなかったり、皇后の子が皇女だけだったり、ただ一人の皇子が早くに亡くなったりします。それだけ世継ぎ問題は大変なのです」

「皇后が皇子を産んだらつけいる隙がなくなるから、物語では主人公のためにわざわざつけいる隙をつくっているんだよ」

　暁月はそう言いながらも、たしかによくある話だよなと心の中で同意した。

「世継ぎについては、もうすぐ立太子するから解決する。あんたは女官試験に集中していればいいんだよ」

　暁月は、十三歳に世継ぎがどうとかこうとか言われたくなくて、話を終わらせようとする。しかし、莉杏は暁月の『立太子』発言に驚いてしまい、話を終わらせるどころか、さらに興奮してしまった。

「今、懐妊している女官はいないはずです……！　あっ、陛下のお相手は宮女ですか⁉」

暁月は、「妊娠していてもそのことを隠している可能性は？」とか「後宮の外にいる女だったら？」と言おうとしたけれど、呑みこんだ。余計なことを教えると、あとで自分の首を絞めてしまう気がしたのだ。

「おれの子じゃねぇよ。おれの親戚……、先々皇帝の弟の愛人の息子を養子にするんだ」

「先々皇帝陛下の、弟皇子殿下の、愛人の息子……」

莉杏は、複雑そうな家族関係を必死に整理する。

皇后教育のおかげで、皇族の家系図は頭の中に入っているけれど、それは正式に公表されているものだ。皇族として認められていない愛人の子だと、存在すら知らない。

「赤奏国の皇太子は、比翼連理の誓いを立てた皇帝と皇后の子でなければならない。だから皇后以外の妃から生まれた皇子は、皇后と養子縁組をしておく」

赤奏国は、皇后の権力が強い。皇后が望めば、実の母親から皇子を引き離し、自分の手で育てることもできるぐらいだ。

「もしかして、わたくしは母になるのですか⁉」

「そう。ようやくあいつの髪がそれなりに生えたんだ」

「……っ、そんなに幼いのですか⁉」

莉杏の頭の中に、ふわふわの産毛のような髪をもつ赤ん坊が浮かぶ。

「違うって。そいつ、道士だったんだよ」

「道士？」

道士とは、朱雀神獣や神仙を尊ぶ教えを学び、それを忠実に守り、人々に広めていく者たちのことである。

道士たちが住むところを道教院といい、道教院は赤奏国のあちこちにある。大きな道教院にもなると暁月が直接足を運んでお参りすることもあった。

「小さいころ、父親の本妻から命を狙われたんだってさ。それで道教院に入って、後継ぎになる気はないという主張をして、なんとか生き延びたらしいぜ」

「まぁ、とても大変な想いをしたのですね」

しかたなく道教院に入ったのなら、きっと母がまだ恋しいだろう。

継母となる莉杏は、その子と一緒に遊んだり、一緒に勉強したりして、その寂しさを少しだけでも癒やしたいと思った。

（わたくし、母としてもがんばります！）

料理の好みだとか、習慣だとか、いつもとできる限り変わらない生活を送れるようにすることは、きっと世話役の人がやるだろう。

自分にできることはなんだろうかと考えていれば、暁月に鼻で笑われた。

「あんたの考えていることは大体わかるから、先に言っておくけれど……」

にやり、と楽しそうに笑う暁月は、とんでもない事実を告げる。

「皇太子は二十六歳だからな。あんたよりも、おれよりも、年上」

莉杏の頭の中にいた『道士の男の子』が、一気に成長する。

「っ、え、えええええ～～～!?」

「そいつは、おれに皇子ができるまで『とりあえず』で立てておく皇太子だ。いずれは廃太子になる。仲よくする必要はないからな。ほら、さっさと寝ろ」

「はぁい」

莉杏は驚きのあまり、よく考えずに返事をしてしまう。気がついたら暁月の横で真っ暗な天井を見ていた。

（陛下よりも年上の皇太子……）

――先々皇帝の弟の愛人の子で、道士になって修行していたけれど、暁月に頼まれて還俗し、皇太子になる。

物語の主人公のような経歴だ。続きがあるなら、きっとこのあと……。

（皇帝になるわよね）

しかし、現実は物語とは違う。元道士の皇太子は『とりあえず』に納得できる人だから、暁月に選ばれたのだ。

女官にとっては三年に一度行われるいつもの女官試験でも、莉杏にとっては初めての女官試験である。

莉杏はまず試験のやり方を女官長から詳しく教えてもらった。

届いた推薦状を女官長が読み、不備があれば返し、なければ受け付ける。それから受験者の一覧をつくり、皇帝と皇后に見せる——……という流れになるらしい。

「皇后陛下、女官試験の推薦状が届き始めました。今回の採用試験の規模は小さめですので、官吏の推薦のみとなっております」

「今回の女官候補の皆さんは、官吏のお家の生まれの方ばかりなのですか？」

「いいえ、推薦人になれるのが官吏だけということです。商人の娘なども応募できますよ」

女官長は莉杏の卓に十通の推薦状を並べる。

「皇帝陛下から、今回は女官候補の身上調査を早く行いたいから届いた順に見せるように、と言われております。こちらは調査済みのものです」

　推薦状の一つを手に取った莉杏は、書かれている字の美しさに感動した。

「素晴らしい筆跡ですね……！」

　手本にしたいと眼を輝かせれば、女官長がくすくす笑う。

「おそらく、どれも代筆ですよ。推薦状の時点で少しでもいい印象を与えたくて、字の美しい人に頼んで書いてもらっているんです」

「そうなのですか!?」

　しかし、こんな風に代筆だと相手にわかってしまったら、意味がないのではないか。

　莉杏が首をかしげると、女官長が詳しい説明をしてくれた。

「字の美しさを見せたいのではなく、手間暇をかけるほど本気で女官試験に取り組んでいますよと言いたいのです」

「あっ、それはとても大事なことですね」

　気持ちのこめ方は、金を払って代筆を頼むことだけではない。下手なりに丁寧な字を書いたり、とっておきの紙と墨を使ったり、色々なやり方がある。

「この推薦状は……女性が書いたみたいですね」

　丁寧でしっとりとしているこの字は、他の推薦状の見事な筆跡と比べると、若さというものが感じられた。

「若い女性の字……。受験者の女性が自分の推薦状を書くこともありますか？」

「書に自信があれば、そういうこともあるかもしれません。女官試験では書の腕前も見ますので、本人かどうかはそこでわかるでしょう」

女官試験は、女官に必要な技術をどれだけもっているのかも見る。

刺繍、茶、書、料理、楽器のどれもできませんでは、仕事にならないからだ。

(この推薦状で推薦されているのは――……『伍彩可』。覚えておきましょう)

推薦状を見れば、名前や年齢といったものはわかるけれど、直接会ってみないとわからないこともたくさんあるだろう。

「早く会ってみたいです」

莉杏がわくわくしていると、女官長がもうしばらくお待ちくださいと微笑んだ。

「女官候補との初顔合わせとなる最終面接の日までは、女官候補とすれ違わないようにしたいので、後宮内でのかくれんぼは控えていただきますね」

莉杏は、すれ違ってはいけない理由がわからなくて首を傾げる。そしてはっとした。

「女官候補にはまだ官位がないから……！」

「はい、その通りでございます」

莉杏は、決まりに矛盾が生じていることにも気づいた。官位がないという理由で顔を見せてはいけないのなら、最終面接もできないはずだ。

（……陛下が、『女好きの皇帝が勝手にやっただけ』とおっしゃっていたのは、こういうことだったのね）

きちんと考えてみると、元々は最終面接も女官たちに任せなければならないものだったとわかる。しかし、皇帝好みの女官を選ぶために、どこかで『例外』がつくられたのだ。

（決まりが本当に必要かどうかを考えておけ、……か）

なるほどと感心したあと、莉杏は考え方を変えた。

「でしたら、わたくしが女官候補をこっそり見るのは大丈夫ですよね」

「……こっそり、ですか？」

「はい！　最終面接のときに顔を見るだけでは、どんな方なのかを知るのは難しいですから」

莉杏は、察しがいい人間ではない。にこにこ笑ってくれる相手だと、『いい人だな』で終わらせてしまう。

「わかりました。女官候補には様々な課題に取り組んでもらいますので、できる限り皇后陛下にも課題を見ていただくようにします」

「よろしくお願いします！」

それから莉杏は、女官長と一緒にお手紙箱を開けに行き、入っていた一通の手紙を取り出した。

早速この手紙を皇后の部屋で読んでみたのだけれど、途中で手を止めてしまう。

——新しい女官が入ってくると聞きました。とても嬉しいです。

手紙の内容は、女官試験が始まることを喜ぶものだった。

——どんな人が入るのか、楽しみです。一緒に上手く働けるようにがんばります。

書かれていたのは、ごく普通の感想だ。しかし、重要なものが隠されていた。

「……みんなはどんな人に入ってきてほしいのかしら」

莉杏は、女官の仕事の邪魔にならないよう、手が空いていそうな人を選び、「どんな人にきてほしいのか」を訊いてみる。

すると、色々な意見が集まった。とりあえず、忘れないように紙に書いておく。

「仕事ができて、素直で、伸びしろがあって、前向きで、和を乱さなくて、規則をしっかり守る……かぁ」

仕事ができるかどうかは、試験の結果を見ればすぐにわかる。

一緒に働きたいと思える人物かどうかは、試験の結果だけで判断するのは難しい。

「そうだ！　海成(かいせい)に聞いてみましょう」

お手紙箱の制度づくりを手伝ってくれた海成は、とても仕事ができる人だ。まだ二十代半ばなのに、吏部(りぶ)で二番目に偉い吏部侍郎(じろう)にもうなってしまった。吏部は官吏の人事を担当するところなので、海成は女官試験の相談相手としてぴったりだろう。

莉杏は、女官の意見をまとめた紙をもち、後宮を出る。

「海成の仕事が終わるまではしっかりお勉強を……。あら？」

いつも世話をしている茘枝（れいし）の木の下で、男の人がしゃがみこんでいた。

気分が悪くなったのだろうと思い、慌（あわ）てて駆けよる。

「大丈夫ですか!?　気分が悪いのなら……っ、きゃっ！」

突然（とつぜん）、冷たいものが手にかかった。

驚いていると、しゃがんでいたはずの男の人が立ち上がっていて、こちらを見下ろしている。

「……申し訳ありません。大丈夫ですか？」

男の人は、二十代半ばぐらいだろうか。痩（や）せているのにがっしりしているという不思議な身体（からだ）と、優しそうに見えるけれど厳しさもあるという不思議な顔のもち主だ。

「大丈夫です。でも、それはわたくしの言葉で……」

男の人は、桶（おけ）と柄杓（ひしゃく）をもっている。どうやら、水まきをしている最中らしい。

（この人は、きっと新しい庭師だわ）

彼の足下をよく見れば、なにかの植物が植え替えられていた。

「気分が悪いのかと思ったのですが、違ったようですね」

莉杏が微笑めば、庭師は深く頭を下げる。

「本当に申し訳ありませんでした」

「袖が少し濡れただけです。すぐに乾きますから」

濡れたといっても、手を洗ったときにうっかり濡らしたという程度でしかない。

謝ることではないと、莉杏は首を振った。

「しかし、お手紙が……」

庭師の視線が、莉杏の手に向けられる。

莉杏は自分の手を見たあと、「あっ」と叫んだ。

「これをお使いください。固まる前に広げておきましょう」

庭師は手巾を取り出して広げた。莉杏が濡れた紙を広げようとすると、庭師はなぜか息を呑む。

「すみません。私が見てもいいものではありませんね」

庭師はこの紙のことを『手紙』と呼んだ。中身を見られたくないだろうと、気を遣っているのだ。

「これは誰が見てもいいものですから、ご安心ください」

莉杏が紙を慎重に伸ばしていくと、すぐに庭師が手巾ではさんでくれる。

「このまま日陰に干しておきましょう。……あの、もしかして、なにか悩みがおありですか？」

庭師の呟(つぶや)きに、莉杏は眼を円(まる)くした。

「あると言えばありますけれど……」

そんなに悩んだ顔をしているのだろうかと、莉杏は手で顔を押さえてみる。

すると、庭師は莉杏の顔ではなく陰干し中の紙を見た。

「書かれていた字から迷いを感じました」

女官候補のひととなりというものをどうやって知ったらいいのかと悩んでいた莉杏は、庭師の能力に驚いた。

「あなたは書かれた字から人の心がわかるのですか⁉」

「細かいところまではわかりませんが、おおまかな気持ちならわかります。丁寧に書かれた字かどうかぐらいのことは、誰でも自然に読み取れるものです」

「あ……！」

たしかに、好印象を与えたいときは字を丁寧に書くし、怒っているときの字は乱れる。

莉杏でさえも、よく知っている人の字なら、そのぐらいのことはわかるだろう。

「迷っているときは、筆の動きがゆっくりになります。すると、字に伸びやかさがなくなる。太さも一定ではなくなるし、墨の濃淡(のうたん)に気を遣うこともしない」

莉杏は先ほど書いた自分の字を思い出す。庭師の指摘がすべて当てはまっていた。

「うわぁ……すごいです！　その通りです！」

字から心を読み取る方法を学べたら、女官試験に使えるかもしれない。

莉杏が庭師に「字から人の心を読み取る方法を教えてください！」とお願いしようとしたそのとき、遠くから名前を呼ばれた。


「莉杏、明煌！」


暁月の声だ！　と莉杏は振り返る。

暁月とその従者の沙泉永が廊下にいて、こちらを見ていた。

「陛下！」

名前を呼ばれたら、暁月を優先しなければならない。

莉杏が暁月に駆けよると、なぜか庭師もついてきた。

（……ということは、新しい庭師は『明煌』という名前なのね。たしか前に陛下が……）

莉杏の書の先生になる人の名前が明煌だったはずだ。つまり明煌という人物は、地方にいた官吏ではなかったらしい。

「なんだ、もう会ってたのか」

「はい！」

莉杏が元気よく返事をしたら、暁月は莉杏の肩に手を置いた。

「明煌、もう挨拶し終えたみたいだけれど、一応な。おれの皇后の『莉杏』だ」

暁月が莉杏を明煌に紹介すると、明煌が驚く。

「皇后陛下……!? この方が……!?」

「あ？ 本当に顔を合わせただけだったのか？」

暁月は、莉杏と明煌の反応から、限りなく正解に近い答えを導き出した。

「前にも言ったけれど、皇后と皇太子という関係でも、あまり仲よくするなよ」

「はい、わかりました。……って、皇太子!? ええっ!?」

今度は莉杏が驚く。

皇太子は、皇帝のみに許された深紅に近い色である緋色の上衣を着ていて、従者と共に行動しているはずだ。

汚れてもよさそうな服で、一人きりで庭をせっせと整えている皇太子なんて、物語の中にもいない。

「わたくし、新しい庭師の方だと……」

「まぁ、間違っていない。明煌には、庭を好きにする許可を与えたからな」

明煌は無言で莉杏に頭を下げる。

しかし莉杏は、まだ驚きが収まっていなかった。

「明煌、適当な間隔で、莉杏の書を見てやれ」

「……承知いたしました」

　莉杏は、明煌についての情報をまとめていく。

（あの美しい字を書いた方が明煌で、元道士で、皇太子で、字から心を読み取ることができて、わたくしの書の先生になる……！）

　まずは挨拶からだと、明煌をしっかり見る。

「よろしくお願いしますね」

　仲よくしましょう、と続けそうになったけれど、あまり仲よくしてはいけない相手だった。どのぐらい親しくしたらいいのかということにも、しばらく悩みそうだ。


　夜、莉杏は寝台の上で暁月を待ちながら、明煌の書をじっくり見る。

「本当に美しい字……！」

　書聖と呼ばれるに相応しい、いや、もう呼ばれているのかもしれない。

「わたくし、もっと知識をつけておかないと」

　こういうときに「あの明煌ね」とあっさり言えることが、教養というものだ。

「明煌に書を教えてもらえるのは、すごいことなのね。……でも、『あまり仲よくするな』に反していないかしら？」

うーん、と莉杏が首をかしげると、暁月の声が耳元で聞こえた。

「皇太子が皇后を寝取ったとかいうくだらない噂が流れないようにするためだよ」

「陛下！」

どうやら考えごとをしている最中に、暁月が寝室に入ってきたらしい。

「っ、陛下！　陛下！　ご安心ください！　わたくしは陛下一筋です！　心が移るなんて絶対にありません！」

自信をもって莉杏が宣言すると、暁月は「はいはい」とどうでもよさそうに答えた。

「それは知ってる。でも、ありえないくだらない話が好きってやつもいるだろ」

「……います！　噂好きの人は、真実という小さな種火に妄想という薪を自分で放りこんで炎を大きくしてから『聞いて聞いて！』と人を集めるので注意しなさい、とお祖母さまに教えられました！」

「その通り。皇太子に女を取られた頼りない皇帝だと言われておれの評価が下がるのも、皇帝を裏切った皇后ってあんたが噂されるのも、皇帝の女を奪った皇太子を廃せよと言われるのも、面倒なんだよ。……かといって、まったく仲よくしなければ、不仲だと言われるし。じゃあどうしろって話だよな」

変な噂をされないように、仲よくするけれど、仲よくしすぎない。

暁月はどうするのかを考え、莉杏が明煌から書の指導を定期的に受けるだけ、という形をつくったようだ。

「わたくしは、書の指導を受けるとき以外は、明煌に会わないようにすべきなのですね」

「そう。本当にあいつのことは気にしなくていい。そのうち廃太子になることを官吏たちにもわからせておきたいから、皇太子らしいことは一切させない。あいつもあいつで、皇太子になっても道士のころと同じ生活ができるようにしろという条件を出してきたから、どうぞお好きにって許した。……説得には苦労したぜ」

　暁月の言葉で、莉杏はあることを思い出した。

　白楼国からやってくる文官を迎えに行くという話をしていたとき、ついでに道教院にも行くと暁月が言っていた。祖父の登朗も、そうした方がいいと頷いていたはずだ。

（あのときにはもう明煌の説得をしていたのね）

　莉杏は、明煌と一緒に茘枝の木の世話をしたかったけれど諦める。

「明煌は道士として今までどんな生活をしていたのですか？」

「自給自足だってさ。でも、皇太子になれば毒殺の可能性もあるから、食事だけはこっちで用意して毒見役もつけることにしてある」

　道士は、朝日よりも早く起き、朱雀神獣廟に行って廟の掃除をし、お供えの水を取り替えてからお参りをし、それから自分の部屋を掃除して朝食をとる。

　食後には経典を読んで瞑想をし、それから昼まで畑仕事をする。午後からはまた瞑想とお参りをし、困った人々に手を貸すという奉仕作業も行う。

夜は夜で、経典の教えを書き写す臨書や、自分の道着をつくったり繕ったりする
——……と暁月は語った。

「茘枝城には畑がないので、畑の代わりに庭仕事をするのですね」

「そう。茘枝城の茘枝の実は朱雀神獣に捧げないといけないし、残りは道教院にわけるから、貧しい人たちへの奉仕活動ってのができてちょうどいいんじゃない？　あいつ、廃太子となったらまた道士に戻るみたいだしな。そうしてくれると助かるけれどね」

真面目な道士である明煌が道士に戻りたいと願うのは、莉杏にも納得できる。しかし、暁月が助かるのはなぜだろうか。

「明煌が道士に戻ると、陛下にとってなにかいいことでもあるのですか？」

莉杏の疑問に、暁月は迷わず答えた。

「あるよ。明煌に野望をもたれたら困るから、質素な暮らしを楽しんでもらいたいね」

「でも、野望を抱くような方には見えませんでしたが……」

「今はそうだろうな。でも数年後にどうなるかはわからない。人は欲深い。ほしいものを手に入れたら、次を求める」

「陛下も欲深いのですか？」

「おれは欲深いを極めているだろうが。死にかけたこの国を豊かにしようだなんて、とん

でもない欲だぞ」

呆れた声だったけれど、莉杏には欲深いとは違う言葉の方が合っている気がした。

「わたくしも最初は陛下のお傍にいられるだけで……いいえ、わたくしは最初から陛下の寵愛を頂こうとしていました！　今もそうです！」

「あんたの初志貫徹はいっそ見事だよ……」

莉杏の希望がはっきりしすぎていて、莉杏に欲があるのかないのか、暁月はよくわからなくなってきた。

「あ、でもわたくし、欲が出てしまいました。明煌とあまり仲よくしてはいけないと言われたのに、明煌に字からひととなりを見抜く方法を教えてもらいたいのです」

莉杏は、陰干しをしておいた紙を暁月に見せる。

「明煌は、わたくしの字に迷いを感じたと言ったのです。わたくし、女官試験の最終面接でどうやって女官候補のひととなりを見たらいいのかを悩んでいる最中だったので、とても驚きました」

暁月は莉杏の字を眺め、なるほどねと呟いた。

「明煌は愛人の子だ。本妻から憎まれていた。……問題だ。本妻の前で、できるだけいないふりをしたいときはどうしたらいい？」

暁月から出された問題に、莉杏は「自分が義理の母親に憎まれている」という状況を想像してみる。

「わたくしなら……、姿を見せません」

「どうしても一緒にいなければならないときは？」

「喋らない……と思います」

石像のように、ひたすらじっとする。

視界に入らないように、声を聞かせないようにと、必死になるはずだ。

「明煌もそうしただろうな。だからあいつは、気持ちを紙にぶつけていたのさ。明煌は、単純に字を練習するだけではなく、文字にすべての気持ちをこめ、文字にこめられたものを読み取ろうとしてきた。文字が書ける年齢になったころから、それを当たり前のようにやっていたやつの特殊能力なんて、真似するだけ無駄だ」

結局、莉杏は悩みの出発地点に戻ってしまった。

「人の心を見るのはとても難しいです……。本人にしかわからないものですし、本人にもわからないときがあります。それでも最終面接のときに見なければならなくて……」

「それでいいんだよ。他人に心の中を見られるのも、他人の心を見るのも、おれはうんざりするね」

「わたくしは、陛下になら見られても……、いえ、わたくしは、陛下への想いを誤解されることなくすべてを見てほしいです！」

「いつも誤解なくすべてを見ているから、安心しろよ」

――心の中を見たい者。心の中を見せたくない者。心の中を見せたい者。

誰かを選んだり選ばれたりすることは大変だと、莉杏はため息をついてしまった。


莉杏は、後宮の謁見の間にある豪華な椅子に座っていた。

女官長たちによって絞りこまれた五人の女官候補が、莉杏に挨拶をしにきているのだ。

「覚麗心と申します」

「寧里月と申します」

女官候補はまだ官位をもっていないため、莉杏の前で顔を上げることができない。

彼女たちは膝をついて拱手をするという最高礼をしながら莉杏を待ち、そのまま莉杏に挨拶をし、莉杏が立ち去るまで一度も顔を上げない状態でいなければならないのだ。

（わたくしの挨拶は早く終わらせないと……！）

一人ずつ自己紹介されても、顔は伏せられているし、みんな女官の制服を着ているので、今は声で聞き分けるしかない。

「伍彩可と申します」

莉杏はその名前に覚えがあったので、心の中で「あの人だ！」と叫んだ。

彩可はもしかすると、自分で推薦状を書いたかもしれない、字が美しい人である。

「……以上、五名が残っております。これより、皇后陛下からのお言葉を頂きます。しっかりと拝聴するように」

女官長が「皇后陛下、よろしくお願いいたします」と頭を下げたので、莉杏は頷いた。

「はじめまして、皆さん。お会いできて嬉しいです」

静まりかえった謁見の間で、莉杏は緊張しながら女官候補に語りかける。

「わたくしは、皆さんの『過程』を重視したいと思っています。最後の面接で再びお会いできる日を楽しみにしていますね」

結果だけで判断するつもりはないと、莉杏は五人に告げた。

そして、女官長に話は終わったということを視線で伝える。

「皇后陛下のお言葉通り、最後の課題に精いっぱい取り組みなさい」

女官長が重々しい声で言えば、より深く頭を下げようとする者がいた。その人は莉杏にとって唯一知人のような感覚になっている彩可だ。

「それでは皇后陛下……」

莉杏は女官に促され、豪華な皇后の椅子から降り、皇后の宮に向かう。

行儀が悪いとわかっていても、もう一度だけちらりと女官候補に視線を送った。

女官候補の最後の課題は、最初の課題にもう一度取り組むことだ。刺繍、茶、書、料理、楽器の五つの課題でどれだけ成長したのかを示してもらうことになっている。

「刺繍はこのぐらいの大きさの布にして、茶はみんなで闘茶をして、おいしく入れられるかどうかも見て、書は手本から好きなところを選んで紙に書いて、料理は宴のときの献立を考えて、楽器は最初の課題曲をもう一度弾く……」

三日間、女官候補が精いっぱい課題に取り組み、成長したことを示してくれたら、莉杏はそれだけで合格にするつもりだった。

勿論得意分野では、前よりわかりやすく上手くなることが難しいだろう。体調が悪ければ前より下手になることもあるはずだ。

——そのときは、できなかったものがどれだけできるようになったのかを評価しよう。

過程を大事にしたいという言葉には、そんな意味をこめたのだ。

「今日は楽器の練習の様子を隣の部屋で聴かせてもらえるから、急がないと」

皇后に演奏を聴かせることになれば、誰だって緊張する。初めてならなおさらだ。

『隣の部屋で練習中の音色を皇后が聴いている』という機会を女官候補に与えることで、本番は実力をしっかり発揮できるようにしたい、という女官長の提案は、本当に素晴らしていた。

かった。そして、莉杏が女官試験にできる限り関わりたいという気持ちも大事にしてくれ

「折角の機会なのに、皇后が遅刻するわけにはいかないわ。近道しましょう」

かくれんぼをしているときに見つけた近道がある。そこは小さな莉杏しか通れないので、走っていても目撃されることはないはずだ。

（ようし！）

足音をできるだけ立てないようにして急いでいると、使われていないはずの部屋から声が聞こえてきた。

慌てて足の速さを緩めれば、部屋から聞こえてくる声が女官候補たちのものだとわかる。

（ここを女官候補の部屋にしたのね。女官の部屋の近くにしなかったのは、夜遅くまで楽器を練習できるようにするためだわ）

誰かが琵琶を念入りに調弦している。皇后に聴かれるのであれば、練習といっても、本番と同じように挑みたいのだろう。

「彩可、私の分の刺繍はどう？」

莉杏は女官候補の言葉に感動した。

（同じ女官試験を受けている好敵手という関係でありながら、助言を送り合っている人がいるのね。とても素晴らしいわ！）

協力できるということも、女官に必要な能力の一つだ。

莉杏がうんうんと頷いていると、彩可が返事をした。

「ちょうど終わったわ。これでいい？」

「勿論！　私も夕蝶の分が終わった。こんな感じでいいかな？」

「うん、前の夕蝶の刺繍より上手くなっているし、癖もよく捉えている」

女官候補たちが、刺繍の課題について話している。

しかし、莉杏はこの会話のおかしさに気づいてしまった。

（あれ？　これは……）

ここを直した方が、糸はこの色の方が、という普通の助言をしているようには、どうしても聞こえない。

「里月〜、献立の作成はどう？　終わった？」

「一応、全員分つくったよ。あとは出身地方に合わせて調整するだけ」

「本当に助かったわ。私、料理はよくわからなくて、なにをつくればいいのかまったく考えられなかったもの」

「書は麗心がみんなの字を真似て書いてくれているし、なんとかなりそう」

「楽器だけだよね、どうにもならないの」

「あとお茶ね。上手く入れるのは練習するしかないけれど、闘茶は事前に示し合わせておけば答えられるし」

莉杏は慌てて手でくちを押さえる。そうしないと、妙な声が出てしまいそうなのだ。

（……今のって、よくないことよね⁉）

女官候補たちの顔はまだ見ていないけれど、提出された課題から、どんなことが得意で、どんなことが不得意なのかは知っていた。

（一番刺繍が上手な彩可は、二番目に上手かった麗心の分の刺繍もつくって、二番目に上手かった麗心は、三番目に上手かった夕蝶の分の刺繍をつくって……）

この方法なら、みんなが前よりも上手くなった刺繍を提出できる。

彩可に負担がかかるように思えるけれど、彩可は宴の献立を考えなくてもいいし、書は麗心に代筆してもらえる。

（苦手なものは上手い人につくってもらって、楽器とかお茶とか、努力しなければならないことに集中する。……みんなと協力できていて、努力もしている）

莉杏は、「でも」と心の中で続けた。

（わたくしは、あなたたちのがんばっている姿が見たかっただけなの）

莉杏は、試験や面接だけでひととなりを見抜けるような経験豊富な大人ではない。

そのことについて悩んだ結果、経験豊富な女官長たちを信じることにした。

けれども、全面的に信じて任せきってしまうのは、よくないことだ。だから最後の最後は、莉杏の眼で彼女たちの顔と課題をしっかり見るつもりでいた。

「どうしよう……」

莉杏はぽつりと呟いたあと、はっとする。急いでこの場を離れてから、深呼吸を繰り返し、どきどきしている胸を押さえた。

「……困ったわ」

先ほどの会話を知らなければ、「みんな素晴らしいです！」と笑顔で新しい女官を迎え入れただろう。

しかし、もう知ってしまったあとだ。

莉杏や女官長たちを出し抜いた女官候補たちを褒めるのか、それとも不正はよくないと全員に不合格を言い渡すのか、叱りつつも合格にするのか、言い出した者を特定してその女官候補だけを不合格にするのか……。

「わたくし、皇后としてどうしたらいいの……？」

かつて皇后の冠が紛失したとき、女官たちは皇后の冠によく似ている別の冠を質屋から買い取り、それで皆の眼を誤魔化そうとした。別の冠の代金は後宮の予算から捻出したので、そのことを隠すために帳簿を書き換えていた。

莉杏は女官たちの不正の証拠を見つけて指摘し、けれどもこの行動は間違いではないと告げた。そして、帳簿を直すように命じて終わりにした。

「あのときは、わたくしも同じことをすると思ったから……」

皇后の冠に似ている別の冠が悪い人の手に渡り、悪用されるようなことがあってはならない。

暁月も似ている冠の存在を知ったら、女官たちと同じように質屋から買い取り、倉庫にしまっておいただろう。

「でも、今回は違うわ」

女官候補たちが得意分野を生かして協力し合えたことは、とても素晴らしい。楽器やお茶の努力も評価したい。

しかし、女官の最後の課題は、自分の手で取り組み、自分の成長した姿を見せる場だ。

「やっぱり女官候補たちに不正は駄目だと注意しましょう！」

今からでも……と莉杏が引き返そうとしたとき、女官に呼ばれた。

「皇后陛下！　ああ、よかった、いらっしゃいましたね」

「あっ……」

「そろそろ移動しましょう。……もしかして、この道を通ってきたのですか？」

「……ええっと」

女官は、莉杏が廊下ではなくて庭を通ってきたことにあっさり気づき、莉杏の服や髪を手早く確認していった。

金木犀の花が髪についていたので、「気をつけてくださいね」と言われてしまう。

「これから新しい女官と宮女が入ってきます。皇后陛下は立派なお姿を皆にお見せしなければなりませんよ」

小道を駆け抜ける皇后は、絶対に立派ではない。

莉杏はその通りだと反省して、先ほどの女官候補の話をしようとして……やめた。

（廊下を通らずに庭の小道を通ったら、途中で女官候補たちの声が聞こえたので、盗み聞きした。……というのは、立派とは真逆の行為だわ）

立派とは逆の皇后から注意されたとしても、心に響くだろうか。

（貴女に言われたくないと思われてしまったら……！）

莉杏は、立派な皇后でいなければならない。立派な皇后の言葉なら、彼女たちの心に届くかもしれないのだ。

（最終面接のときに不正を見抜いたことにしないと）

これはかなり難しい問題だと、莉杏は顔色を変える。

ちょっと見るだけではひととなりを見抜くのは難しいと悩んでいたのに、同時に不正も見抜かなければならなくなったのだ。

（どうしたら本人の刺繍ではないことを見抜けるの⁉　献立を考えたのは他の人だと言えるの⁉　女官候補たちは、わたくしたちに見抜かれないようしっかり考えているのに⁉）

莉杏の頭の中で「どうしよう」がぐるぐる回っている。それは女官候補たちの楽器の演奏を聴かせてもらっている間も続いていて、聴くことに集中ができない。

「練習の成果がよく出ているようです」

楽器の指導をしている女官が、女官候補たちの音色をそれぞれ褒めているのに、莉杏は上手く答えることができなかった。

「ううう〜」

莉杏は寝台の枕に顔を埋め、足をばたばたと動かす。

どれだけ悩んでも、『最終面接のときに見せてもらう課題から不正を見抜く方法』が思いつかなかったのだ。

「明煌が書を見て『本人が書いたものではない！』と言うのなら、説得力があるのでしょうけれど……！」

明煌は、書聖と呼ばれるのに相応しい字を書く人だ。

莉杏はというと、書を一生懸命に習っている最中である。「不正を見抜いてしまいました！」と叫んでも、誰も信用してくれない。

「どうしましょう〜〜……」

書が駄目なら刺繍で、と言いたいけれど、刺繍も習っている最中だ。

料理の献立については、なにがなんだかわからない。料理は皇后の教養ではないため、一度も習わなかったのだ。

「おい、そろそろ寝るぞ」

「はいっ！　……って、陛下⁉」

いつの間にか暁月が隣にいて、完全に力を抜いた状態で寝そべっていた。

莉杏はいつもなら嬉しくて飛びつくのだけれど、今日は驚いている気持ちが勝つ。

「なんかあったわけ？」

「……悩みごとがあるのですけれど、……いえ、やっぱりなんでもないです……」

暁月に相談しようかと思ったけれど、やめた。「そんな女官候補は全員放り出せ」と言われたら、従わなくてはならない。

「へぇ、おれに隠しごとをするわけ？」

「えっ？」

暁月の手が伸びて、莉杏の横腹をくすぐる。

「ひゃっ、あはっ、くすぐったい！　きゃ〜！　陛下、陛下〜！」

莉杏が堪（こら）えきれずに笑い出すと、暁月はにやりと笑って手を止めた。

「で？」

暁月に促され、莉杏は隠しごとを諦（あきら）める。暁月に敵（かな）うはずがない。

「今、女官候補たちが最後の課題に取り組んでいて……」

昼間の出来事を丁寧に説明していけば、暁月が二度瞬（まばた）きした。

「そいつら、いい根性（こんじょう）しているな。新入り未満のくせに」

「得意な部分を生かし、苦手な部分を助け合えるのは、本当に素晴らしいことです。ですが……」

「このままあんたが見て見ぬふりを続けると、そいつらは新入りのくせに上を舐（な）めるだろうな。『先輩たちは馬鹿だ』って思えば、いずれ態度に出てくる」

「はい。……わたくしは、立派な皇后として彼女たちを指導しなければなりません。最終面接のときに、女官候補の態度や仕上がった課題、闘茶や楽器の音色から、不正を見破らなければならないのです」

莉杏の悩みを聞いた暁月は、なるほどねと呟く。

「明煌なら書から見破れるかもな。あいつの武器は極められた書だ」

莉杏には、まだ武器と呼べるようなものがない。すべてが努力中だ。

「今のあんたにも、武器はあるんだけれどね」

「え？　わたくしにもありますか？」

「よく使っているだろ。その見た目だよ」

誰からも『幼い』と思われる莉杏は、それをよく使っている。

少しぐらい無理なことを頼んでも、忙しいときに話しかけても、子どもだと許されることが多いのだ。

「子ども相手だと、深く考えずに『子どもだから』ですませるやつは多い。警戒されないってのは、一種の武器だ」

暁月からの助言は、莉杏にとって納得できるものだった。しかし――……。

「面接で警戒されないことが武器になるのは、どうしてでしょうか」

「はは、それだよそれ」

莉杏は、声を立てて笑う暁月を見て、首をかしげる。

「そう難しいことじゃない。せいぜいがんばれ」

暁月は、女官候補の不正についての興味をもう失ってしまったらしい。

もっと怒ると思っていた莉杏は驚いてしまう。

「この一件をわたくしに任せてくださるのですか？」

莉杏が確認すると、暁月は鼻で笑った。

「あんたが『古今東西、皇帝陛下が女の争いに関わると大変なことになると決まっている』って言ったんだろ。だからおれは、あんたから後宮で起きた面倒ごとの話を聞いても、できる限り皇后のあんたに任せようとしているわけ」

　暁月は即位したあと、後宮に残す女官と後宮から追い出す女官の選別や、後宮の行事を中止するかしないかといった大事な決定を、自ら行ってきた。

　しかし、それを莉杏にできる限り任せると言ってくれるようになったのだ。

（これは……！　そうよ、きっとわたくし、陛下に信頼されたんだわ！）

　莉杏は、立派な皇后に半歩ぐらいは近づいたのかもしれない。

「陛下、わたくしはもっとがんばります！」

「そうしてくれよ。皇后が庭を突っきって女官候補の話を盗み聞きしたなんて話は、表に出せないしねぇ」

「ううっ……！」

　莉杏が再び頭を枕に落とせば、暁月が笑った。

「――どうしてですか？」

　なんだか昨夜、自分も同じことを言った気がする、と莉杏はふと思った。

「ええっと……」

「ああ、責めているわけではなく、疑問に感じただけです。どうしてここで筆先に墨をつけ直したのか、と」

莉杏は、明煌に書の指導を受けている最中だ。

しかし、女官候補たちの不正を見破る方法を考えたいという気持ちが抑えきれず、折角の手習いの時間なのに、集中できていない。

「……あの、そろそろ字がかすれてしまうと思って……」

「なるほど」

明煌は莉杏の答えに納得してくれた。そして視線を左に動かしていく。

「最後、再び字がしっかり書けています。どうしてですか？」

「しっかり書こうとして……」

「なるほど」

莉杏は最後の辺りで集中できていない自分に気づき、もう一度気合を入れ直した。

明煌はそのことも見抜いたらしい。

（字にわたくしの感情が表れているのね。……なんだか恥ずかしい）

今までの書の先生は、見本通りに書くという指導をしていた。

――ここはもっと跳ねましょう。ここはまっすぐに。ここは丸く。

しかし、明煌は今までの先生とは違うようだ。

「この手本は、段々と字がのびやかになります。どうしてでしょうか」

「う〜ん……」

手本は手本だと思っていたので、どうしてと言われても莉杏はすぐに答えられない。

「実は、私もわかりません」

「ええっ⁉」

どうしてなのかと莉杏に尋ねた明煌は、答えを知らないと言い出す。それなら、なぜ聞いたのだろうか。

「これは、早朝の山に霧がかかっているという美しい光景を、詩歌にしたものです。詩歌にしていく最中に、心を動かされた気持ちがよみがえり、高ぶっていったのでしょう。だから最初と最後で、字の間隔やのびやかさが変わっている……と思われます」

莉杏は、明煌の説明を聞き、手本をもう一度しっかり見てみた。

――朝起きたら、山の緑色が白い霧でかすれていた。白い霧をよく見てみると、集まり、うねり、かすれ、人生のように動いていた。

何気ない朝の光景を人生のようだと表現している詩歌は、文字の美しさだけを追求して書かれたものではなかった。

「『どうして』に正しく答えられるのは本人だけです。ですので、今日は『きっとこうだろう』と考えながら臨書をしていきましょう」

「はい」

明煌に言われた通り、莉杏は新しい紙を置いたあと、しっかり手本の字を見る。

（『どうして』に正しく答えられるのは本人だけだから、……あれ？）

昨夜、自分が言った『どうして』と、暁月の『見た目』と、明煌の『正しく答えられるのは本人だけ』という言葉を組み合わせると、なにかが見えてきた。

「あっ！」

莉杏は声を上げる。悩みごとという白い霧が、さあっと晴れていくような感覚を味わったのだ。それはとても心地よくて、莉杏の心を震わせた。

（この詩歌を書いた人もこういう気持ちに……。って、そうだけれど、女官試験も！）

二つの感覚を同時に得た莉杏は、焦ってしまう。

どうして焦っているのかと問われたら、莉杏は「悩みごとの答えを得られそうだし、詩歌を書いた人の気持ちも少しわかったから」と答える。

しかし、明煌はきっと「莉杏に落ち着きがないから」と答えてしまうだろう。

（たしかに、『どうして』に正しく答えられるのは本人だけだわ）

莉杏は筆を動かしながら、今は書に集中！　と必死に自分へ言い聞かせた。

——女官試験、最終日。

女官候補は官位を与えられる前なので、本来なら皇后と顔を合わせることはまだできない。しかし、この女官試験の最終面接のときだけは、特例で許されている。

莉杏は後宮の謁見の間の椅子に座り、既に並んで頭を下げている女官候補たちを順番に見ていった。

「女官長」

まだこの段階では、女官候補と直接言葉を交わしてはいけないので、女官長を促すことで意思表示する。女官長はそれだけでも心得たと頷いた。

「全員、顔を上げなさい」

女官長の言葉に従い、女官候補たちがおそるおそる顔を上げる。

莉杏は皇后らしい余裕のある微笑みというものを浮かべ、彼女たちの顔を改めて順番に見ていく。そして、とても驚いた。

(みんな綺麗な人……！)

皇帝と妃の相性が悪かったときに備え、女官も宮女も顔立ちが整った者を優先的に選んでいるという物語の記述は、本当だったようだ。

　ぽかんとくちを開けそうになった莉杏は、慌てて気を引きしめる。

「皆、もう一度名乗りなさい」

　女官長に指示されたあと、女官候補たちは前回と同じように端から名乗っていった。

　莉杏は、ようやく女官候補の顔と名前を一致させることができる。

「女官長、それでは始めてください」

「承知いたしました」

　女官候補たちは、初めて見る皇后の姿に驚いているだろう。

　皇帝や皇后を表すときは、不敬罪にならないように、誰でも言葉を慎重に選ぶ。

　暁月は莉杏のことを「子ども」と言うけれど、他の人は「お若く、可愛らしい」と表現するしかないのだ。

　その言葉から膨らませていった『想像上の皇后』は傾国の美人になっていたりするので、莉杏自身も驚くときがあった。

「まずは楽を……」

　女官長が促せば、女官候補たちが楽器をもつ。

　練習を重ねた成果が表れているそれぞれの音色に、莉杏はうっとりとした。

「皆さん、とても素晴らしかったです。練習のときよりも素敵でした」

　莉杏は笑顔で、素直な気持ちを告げる。

　女官候補たちはほっとしただろう。

「次はお茶を」

　莉杏が女官長に言えば、女官候補同士での闘茶が始まる。

　前に行った闘茶で最も強かった女官候補は、女官が相手をしていた。

（彩可は……と）

　気になっていた女官候補を見てみると、健闘しているようだ。なにも知らなければ、彩可ががんばっていることを喜んだだろう。

（彼女たちは、もう答えを知っている。不自然にならないように不正解も混ぜながら、前よりお茶を当てられるように調整している）

　とても自然な闘茶に見える。女官たちの中に違和感を覚えた者はいないだろう。

（よほど賢い人がいるみたい。言い出したのは誰かしら）

　不正をしようと言い出した人に、全員が最初から賛成したとは思えない。知られたら大変なことになるからと、拒否した者もいたはずだ。

（もしかして、最終試験よりもっと早くから信頼を得ていたのだとしたら？）

　互いが敵という関係でも、最初から課題の手助けをしてくれた人であれば、最終試験に残れた段階で恩を感じているだろう。

「皇后陛下、皆、前よりも闘茶が強くなっていますね」

茶の指導をしていた女官が嬉しそうにしている。莉杏はそうですねと微笑んだ。

（指導してくれた人を裏切るのは、やっぱりよくないわ）

女官候補たちを合格させるためにがんばっていた女官の気持ちは、正しく報われてほしい。

「献立もよく練られています。特に寧里月のものは、少し手を加えるだけで宴にも使えそうです」

「刺繍の課題はこちらです。伍彩可の刺繍は見事ですね。色の選び方も完璧です」

指導した女官たちは、誇らしげに女官候補を褒めた。

莉杏は笑顔で頷きながら、闘茶を終えた女官候補の顔を見る。

「皆さん、とてもよくがんばりましたね」

皇后と女官候補はまだ直接会話できないけれど、莉杏は女官長に頼み、「褒めてあげたいから」という理由で、強引に押し通した。

「努力した褒美に、皇后陛下が直接言葉を交わしたいと申しております。失礼のないようにお答えしなさい」

女官長が女官候補に重々しく告げる。莉杏はまず彩可の刺繍を広げた。

「わたくしは、刺繍も書も勉強中です。当たり前のことを尋ねてしまうでしょうけれど、気にしないでくださいね。伍彩可、貴女の刺繍はとても美しいです。――どうしてこの模様にしたのですか？」

どうして、と莉杏は問いかけた。

彩可は緊張しながらも、はきはきと答える。

「皇后陛下がおわします後宮の空に五色の瑞雲が見られ、茘枝の木には多くの実が実り、泉からは蓮の花が咲くという瑞相を表現したいと思い、これからの赤奏国の繁栄を祈りながら刺繍をいたしました」

完璧な答えだ。女官たちからも、感心したような声が漏れている。

「五色の瑞雲は、五色以外の色を使っていますね」

「はい。金糸を混ぜることで、輝きを表現しました」

図案を彩可が考え、彩可が刺繍をしたのだ。莉杏の疑問にすぐ答えられて当然だ。

「覚麗心、貴女の刺繍も素晴らしかったです。前よりも繊細に刺繍をしていますね」

「ありがとうございます」

莉杏は、前回の刺繍と今回の刺繍を見比べながら褒めた。

「前回は蔦の色を三色で表現していたのに、今回は二色で表現したのですね。……どうしてですか？」

莉杏の質問に、麗心は戸惑っている。おそらく、心の中で慌てて前の作品と彩可につくってもらった作品を見比べ、どう説明したらいいのかを考えているからだ。

（彩可は、鳥と花の鮮やかさを強調したくて、背景となる蔦の色を減らした。わたくしにもそれは伝わる。でも、突然尋ねられたら、制作者以外がとっさに答えるのは難しい）

麗心は、早く答えなければと焦りすぎたせいで、考えがまとまらないままくちを開く。

「……えっと、それは、二色でも表現できると思ったからです」

莉杏は彩可をちらりと見た。きっとこだわりを伝えたくてしかたないだろう。

「鳥の尾に赤色を使わず、青色を使ったのはどうしてですか？」

中央に一対の鳥がいる。その鳥に絡んだ蔦の先には、大きな赤い花が咲いている。

この鳥の尾は赤色のはずだけれど、大きな赤い花を目立たせるために、わざと色を変えたのだろう。

「全体の調和を考えて……」

「考えて？」

「青色の方が綺麗だと思ったからです……」

「そうだったのですね」

莉杏はにっこりと微笑み、次の作品を手に取った。

「荘夕蝶の刺繍はとても繊細で、ずっと見ていられます。前回は平刺繍のみで表現したようですが、今回の孔雀には玉縫いも多く使っているみたいですね。――……どうしてですか？」

——孔雀の羽根にある目玉に見える模様を、よりはっきりさせるためです。

この答えを知っているのは麗心だけだ。夕蝶ではない。

「その方が、いいと思いまして……」

莉杏が褒めながら「どうして」と繰り返すことに、もう少し経ったら女官たちも違和感を覚えるだろう。

（子どもが『どうして』と繰り返しても、最初は『子どもはそういうものだから』と流してしまう。わたくしは、子どもの純粋な疑問に対する女官候補たちの受け答えが妙だと女官に思わせ、妙な部分をよく考えたら不正が隠れていたという形にしなければならない）

女官の誰かが気づいてくれるまで、莉杏は「どうして」を何度でも言うつもりだ。

「次は沐寿礼の作品ですが……」

莉杏は刺繍だけではなく、書についても『どうして』を繰り返す。

——どうして臨書する部分を変えたのですか。

——どうして墨の濃さを変えたのですか。

——どうして墨をつけ直す位置をここにしたのですか。

本人であれば簡単に答えられることだ。しかし、皆、なぜか上手く答えられない。

（女官長は、女官候補の受け答えの違和感に気づいたみたい）

皇后との会話に緊張して上手く答えられないという言い訳が、通用しなくなっている。

女官長は、莉杏と女官候補が話している最中だというのに、無言で刺繍を手に取って見比べ、ため息を深くついた。

「皇后陛下、お話し中に失礼いたします。私に発言する機会を与えていただけますか？」

「かまいませんよ」

莉杏は微笑み、あとのことを女官長に任せる。

女官長は一歩前に出て、女官候補たちに厳しい顔を見せた。

「皇后陛下の御前(ごぜん)です。嘘偽(うそいつわ)りがないように答えなさい」

女官候補たちも、自分たちの受け答えがおかしいことに気づいていたのだろう。とっさにうつむく者、顔色を変えた者、震えた者……、この場の空気が張(は)り詰める。

「――提出された課題をすべて自分の手でつくった者だけ、今すぐ立ちなさい」

女官長の命令によって、この場にいた女官の全員が不正という可能性に気づいた。皇后がいる場だというのに、思わず声を上げてしまう。

「え……？　もしかして不正をしていたの？」

「うそ、……助言したとか、そういうことではなくて……？」

動揺した女官たちが、ひそひそと囁き合う。

女官長はすぐに振り返り、「静かに」と女官たちを叱った。


「……申し訳ありませんでした!!」


彩可が頭を深々と下げて謝罪する。皆の視線は、彩可に集められた。

「私が、皆に不正を提案したのです。本当に申し訳ありませんでした!」

「なんということを……!!」

女官長が怒りで震える声を発する。

他の女官候補も慌てて頭を下げた。

「申し訳ありませんでした!」

「本当に申し訳ありません……!」

もう声が出せない者もいる。皇后の前で、自分たちの不正が暴かれたのだ。莉杏が一声かければ、牢に入るどころか、頭と胴体が離れてしまう。

「これは……これは、とんでもないことです! 貴女たちはなにをしたのかわかっているのですか!?」

女官候補たちは、やらなければよかったと後悔しているはずだ。

運が悪かった、と心の中で舌を出している雰囲気は感じられない。

（このぐらいにしておきましょう。わたくしが止めても、おそらくまたあとで女官長がしっかり叱るでしょうから）

不正が簡単にできる試験をしてしまった女官側も、反省をしなければならない。

女官候補に小さな個室を与えて交流できないようにするか、常に誰かが見張るか、なんらかの対策をしておくべきだったのだ。

「女官長、この場はわたくしが預かります」

「……皇后陛下⁉」

莉杏は、驚く女官長に大丈夫だと頷いた。

「最後に合否を判断するのはわたくしの役目ですから」

女官長からは「残った五人には女官の素質が充分にある」と報告されている。そのとき莉杏は「全員合格にしましょう」と言った。

女官長は、莉杏が「やっぱり全員不合格にしましょう」と言い出すのではないかと予想し、頭を深く下げることでそれを受け入れた。

「皆さん、わたくしは最初に『最終試験は過程を見る』と言いましたね」

女官候補たちは、莉杏の言葉を素直に受けとめ、前より上手くなっていたら合格できると思った。そして、不正という手段を選んでしまった。

「どのような想いをもって課題に取り組んだのか、わたくしはこの場で聞かせてほしかったのですが……、残念です」

　まずは皇后らしい感想を述べ、悲しいという表情をつくる。

「同時に、わたくしはもう少し言葉を選ぶべきだったと感じています。『過程を見る』というわたくしの言葉では、『前よりも上達したものを出せばいい』と単純に受けとめてしまうでしょう。わたくしが『課題に本気で取り組む姿勢を見せてほしい』と言っていたら、あなたたちは不正をしようとは思わなかったはずです」

　女官候補は、莉杏たちを馬鹿にしたくて手抜き（てぬ）をしたのではなく、合格したくて不正な手段を選んだだけだ。そのことは莉杏にもわかるし、女官たちにもわかってほしかった。

「女官に必要なものは、刺繍、書、料理、楽器、お茶の技能だけではありません。同僚を励（はげ）まして助ける優しい心や、不正や問題があれば指摘できる勇気、より自分を高めようという姿勢も大切にしなければなりません」

　そうは言いつつも、すべてをもっている女官候補は、十年に一人いるかどうかだろう。

　——欠けているものがあっても、これからがんばってくれるのならいい。

　みんなそうやって合格したはずだ。

「あなたたちは、最終面接前に、女官に必要な技能はあると判断されていました。そして、不正という手段にはなりましたが、同僚を励まして助ける優しい心があることや、不正ができない楽器の練習に励んだことは、評価できます。あなたたちに足りないものは、不正や問題があれば指摘できる勇気です」

誰か一人でも『やっぱりよくない』と言えていたら、違った結果になっただろう。

みんなのためらいを上手く摘み取った彩可は頼もしい人だけれど、同時に不安も覚える。

「朱雀神獣は、わたくしたちをいつだって空から見ていらっしゃいます。悪いことをしたらいずれは明らかになる――……とても当たり前のことですが、もう一度よく考えてみてください。そして、次は『やっぱりやめよう』と言える女官になっていなければなりません」

莉杏が一息つけば、女官長が驚いた顔になっていた。

「わたくしは、様々なことを学んでいる最中です。あなたたちだけに完璧を求めるわけにはいきません。あなたたちが大切なものを学ぶ機会を得られるように、もう一度だけ最後の課題に取り組める機会を与えます」

女官長以外の女官も、五人の女官候補も、莉杏の言葉の意味をようやく理解する。

「今度は必ず自分の手で課題を仕上げてくださいね」

話はこれで終わりだと莉杏が微笑めば、女官長がごほんと咳払いをした。

「全員、皇后陛下にお礼を述べなさい」

女官長に促された女官候補たちは、慌ててくちを開く。

「ありがとうございます……！」

まったく揃っていなくて、お礼の言葉もそれぞれ違っていた。女官長はため息をついてしまう。

「皇后陛下への礼儀作法も、より一層励ませます。力足らずで申し訳ございません」

「みんな、これからですよ。……それでは、あとをお任せしますね」

これ以上のくちだしは必要ない。

莉杏はそう判断して、椅子から立ち上がった。


五人の女官候補は、女官長に叱られたあと、指導役の女官にも叱られた。

今晩中に反省文を百枚書くという課題をつけ足され、今日は食事抜きとなり、終わるまで寝かさないことにもなったらしい。

「これでしっかり反省できますね」

莉杏が夜の寝台で暁月に最終面接がどうなったのかを報告すると、暁月はどうでもよさそうな表情で聞いてくれた。

「甘い処分にしたな。あいつら、処刑されてもおかしくないぞ」

「皇后を騙していたら厳しい処分を与えなければなりませんが、わたくしはまだ騙されていません。女官候補たちが合格する前に気づけましたから。不正は駄目ですよと注意し、叱って終わりにしても問題ないはずです」

「へぇ、そういう言い訳をするわけね。よく考えたな」

「えへへ」

決まりは決まりだ。女官候補の不正が合格後に発覚していたら、決まりをねじまげて許すというのはとても難しかっただろう。

「女官試験は再試験をしたらようやく終わるのですけれど……」

莉杏は、気になっていることが一つある。

「不正をしようと言い出したのは、伍彩可という人です。普通はやっぱりやめようって、誰か一人ぐらいは彩可を止めますよね」

「性格の悪いやつだけが集まった可能性は、そう高くないだろうな」

「もしかしたら、止めた人もいたかもしれません。でも、結局みんなで不正をしたということは、彩可が説得したんです。それぐらい彩可は女官になりたかったはずなのに、不正を言い出したのは自分だと、真っ先にわたくしへ謝罪したのです」

「潔く罪を認められるやつなのに、不正もしたってことか」

「はい。『どうして』なのかなって……」

彩可の推薦状は、やっぱり彩可が書いたものだろう。最終課題の書は、彩可の字を真似した別の女官候補の字だったけれど、彩可の推薦状の字とよく似ていた。

(彩可の字……、うん、そう、こう言っている)

――……私を見て。

彼女は、どうして女官になろうとしたのだろうか。

彩可と仲よくなったら、色々な話をしてみよう。

# 二問目

それなりの歴史をもつ建物では、必ず噂されることがある。

——幽霊が出る。

後宮の歴史を見ていくと、血にまみれた話も多い。

とある皇帝が妃を斬り捨てたとか、とある妃が女官に毒を飲ませただとか、とある皇帝が死体で発見されただとか……。

死んだ人間がさまよっているという噂は、後宮でも定期的に流れていた。

「……幽霊より、生きている人間の方が怖いわ」

先の皇帝の時代から女官をしている漂 純樺は、夜中、後宮の廊下を歩きながら、先日の女官試験で女官候補が起こした騒動を思い返していた。

女官候補たちは、皇后の前で不正をするというとんでもないことをした。しかし、皇后からの質問に上手く答えられなかったので、女官長に不正を見破られたのだ。

「皇后陛下が『合格を言い渡す前だから、反省してもう一度試験を受けたらそれでいい』と言ってくださったから、叱られるだけですんだのよ」

気性の荒い皇后だったら、頭部のない女官候補の幽霊が最終面接を受けるためにうろうろしている、なんて話がそのうちできあがっただろう。

「最近の若い子は恐ろしいわ。試験で不正しようだなんて度胸がありすぎ……って」

荔枝の木の下で、なにかが動いた気がする。

純樺は足を止めて息を呑み、荔枝の木をじっと見つめた。

――皇后の命を狙う者が侵入したのかもしれない。

幸いにも、皇后は皇帝の寝室で寝ている。侵入者がそのことを知らないのであれば、知らないままにしておきたい。

(私は、ここに皇后陛下がいるつもりで動かないと)

慎重に足を動かし、荔枝の木に近づく。

「……そこにいるのは誰だ⁉」

鋭く叫べば、濃い影がゆらりと揺れた。やはり侵入者かと歩揺に手をかけたとき、濃い影がこちらを見る。

「え……？」

女だ。随分と乱れた服装だ。そして、首に縄が……。

「ひっ⁉」

真夜中に、純樺の悲鳴が響く。純樺は女官が寝泊まりしている宮に飛びこみ、同僚を起こし、こう叫んだ。「幽霊が出た」と。

莉杏が後宮に設置されたお手紙箱を開けると、二通の手紙が入っていた。

（あら？　これは……）

女官長と共に開けにきて、莉杏が取り出すといういつもの作業をしながら、一通の手紙の下にもう一通の手紙を隠す。

「お手紙がありました！」

莉杏が喜べば、女官長は微笑みながら頷いた。女官長が手紙箱のふたを閉じて鍵をかけている間に、莉杏は急いで下に隠した方の手紙を袖の中へ入れ、なにもしていないという顔で自分の部屋に戻る。

「一通目は、女官試験についてのお手紙ね」

新しい女官を迎え入れるための準備、試験の監督、それから突然の再試験による予定の変更、合格した五人の新しい女官の指導——……。

想定外のことがたくさんあって、女官たちは振り回されて大変だったのに、新しい女官を入れてくれたことへのお礼が丁寧に述べられていた。

「これはいつも通り、女官長が中身を確認した手紙だわ」

問題は二通目だ。

こちらは、紙を折りたたんで細長くしたあと、結んで小さくしてある。お手紙箱の鍵を外す女官長から隠しておきたいという意図がありそうだ。

「手紙に使われるような上等な紙ではないみたい」

ざらついている紙を広げてみると、あまり上手ではない字が並んでいた。

「もしかして、宮女が書いた手紙なのかしら」

女官は皇后の代わりに手紙を書くこともあるので、字を練習しなければならない。

しかし、後宮の下働きである宮女は、読み書きができれば充分なので、積極的に個人練習をする者はそう多くないだろう。

「この手紙を書いた人にとても困ったことがあって、でも女官長には内緒にしておきたいのかも……！」

これこそ、お手紙箱の本来の使い方だ。

よしよしと頷きながら、手紙を読み始める。

「えぇっと……。後宮に『幽霊』が、出た……？」

手紙には、幽霊が出たことと、そして女官長が気のせいだと言ってなにもしてくれないことが書かれていた。

「幽霊……」

莉杏には、怖い物語を読む趣味はないけれど、後宮を舞台にした物語では必ずと言っていいほど、殺された妃や女官や宮女の幽霊が出てくる。

「どうにかしてほしい……という話よね、きっと」

この手紙には、具体的なお願いごとが書かれていない。

立ち入り禁止にしてほしい場所があるだとか、必ず二人一組で動くようにしてほしいだとか、どうしたら安心して働けるのかを手紙の主と相談したくても、差出人の名前がないからできないのだ。

「う～ん、こういう問題も出てくるのね」

『どうして』に答えられるのは本人だけだ。莉杏はお手紙箱の改善点をまた一つ見つける。

「……どうしようかしら。わたくしは幽霊を一度も見たことがないのよね」

『幽霊を見たことがない』と『幽霊がいない』は、まったく意味が違う。

『幽霊を見た』と『幽霊がいる』もちょっと意味が違う。

幽霊を見たけれど、別のなにかと勘違いしてしまっていた……という展開は、物語の中でよくあった。

「きっとどの女官も女官長に口止めされているでしょうし……。あっ！」

そうだ、と莉杏はとある武官のところへ向かった。

荔枝城内の数少ない女性武官の一人である翠碧玲は、莉杏の警護をするために、後宮を出入りすることもよくある。

碧玲は暁月の幼なじみということもあって、女官からも頼りにされていた。

「……皇后陛下の言う通り、後宮内は幽霊話で盛り上がっているようです」

莉杏から、『後宮内で幽霊の噂が広がっていないかを確認してほしい』と頼まれた碧玲は、理由をつくって後宮に行き、女官たちと話をしてみた。

女官は、凜々しくて頼りになる碧玲に泣きつき、どうにかしてほしいと言ったらしい。

「碧玲は幽霊とも戦えますか？」

「申し訳ありませんが、一度も戦ったことがありません。ですが、もし普通の攻撃が効くのであれば、負ける気はしませんよ」

「そうなのですか!?」

自信ありだ！　と莉杏は尊敬のまなざしを碧玲に送る。

「後宮内に現れる幽霊は、鍛えていない妃と、多少護身術を習っただけの女官と宮女でしょう。武官の私に敵うはずがありません」

「……はっ！　その通りです！」

「後宮内で亡くなられた皇帝陛下という可能性もありますが、もしなかなかの腕前であれば、一戦を交えたいと思っております」

戦うことが楽しみだと、碧玲は言った。

「碧玲は幽霊を見たことがないのですよね？」

「はい」

「禁軍に幽霊話というものはないのですか？」

禁軍の軍人たちは、戦場という人が亡くなる場所に行かなければならないので、幽霊を見る機会は多そうだという印象を莉杏はもっていた。

「見たという話ならよく聞きますね。骨だけになっていて、ぼろぼろの剣をもって襲いかかってくるとか……」

「ひえっ！」

動く骨を想像してしまい、莉杏は身体を震わせる。

「そっ、それで……どうなったのですか!?」

「幽霊に襲われて死んだという人や怪我をしたという人は、私が知る限りではいません。みんな、恐ろしくて逃げています。そう、逃げてしまえるのです」

「……もしかして、幽霊の足は遅いのですか!?」

「でしょうね。皇后陛下も、幽霊に遭遇したら逃げてください。できるだけ速く」

「わかりました！」

莉杏は、幽霊と会っても大丈夫だという自信をつける。

「女官や宮女にも、幽霊を見ても逃げればいいと伝えたら……、でも、そもそも見たくない人もいますよね」

莉杏がその人のことも考えなければ、と言うと、碧玲はそうですねと同意した。

「苦手なものは見るだけでも恐ろしいですからね。足がないあれとか……」

「わかります。わたくしは、足の多い虫がちょっと……」

虫だったら、虫除けの香とか、薬湯とか、多少の対策はできる。

ならば幽霊にとって苦手なものとはなんだろうか。

「お札と経典!!」

悪霊が出ると言われているところに魔除けの札を貼ったり、幽霊に経典を聞かせてあるべきところへ向かうように説得したりすることは、よく行われている。

「徳の高い女性の道士さまを後宮にお招きして、女官と宮女を安心させるというのはいい案ですね。私から女官長に勧めておきましょうか？」

莉杏は幽霊騒動を知らないままでいたい。自分から女性の道士を招こうとは言い出せなかったので、碧玲の提案に飛びついた。

「お願いしますね！　女官長から道士さまを招きたいと言われたら、わたくしはすぐに許可を出すので、準備だけでもこっそり早めにしておきましょう」

これで問題解決だと莉杏は思ったのだけれど、碧玲が「あっ！」と声を上げた。

「女官長は、それぐらいのことならもう考えていそうです。実行しなかったのは、皇后陛下のお耳に幽霊の噂を入れたくなかったからなのでは……」

「ううっ！」

道士を招くことができないのなら、お札はどうだろうか。

「わたくし以外の断りにくい相手からお札を贈られたら……」

徳の高い道士とか……と考え、そういえばそのような人物が茘枝城内にいることを思い出す。

「明煌！」

最高の適任者がいると、莉杏は表情を明るくした。


「……魔除けの札を書いてほしい？」

莉杏は明煌に書の指導を受けたあと、魔除けの札を書いてほしいと頼んでみた。しかし、明煌に困った顔をされてしまう。

「今はもう道士さまではないから無理ということでしょうか」

明煌が暮らしていた道教院は、かなり戒律が厳しいところだと聞いた。お札にも細かい決まりがあるのかもしれない。

「いえ、そういうわけではないんです。……実は、私は幽霊を見たことがないんですよ。なので、正直なところ、札の効力を疑っているんです」

明煌は、そもそも幽霊はいないのだから、お札を貼る意味はないという考えのもち主のようだ。

「わたくしは、幽霊がいるかどうかや、魔除けのお札が効くのかどうかはわかりませんが、まずは女官や宮女を安心させたいと思っています」

女官は夜遅くまで色々な仕事をしている。そして宮女はさらに遅くまで働いている。

彼女たちが気持ちよく仕事ができるようにすることも、皇后の仕事のはずだ。

「他の幽霊対策も考えていますよ。碧玲に教えてもらったことなのですが、幽霊は足が遅いので、がんばって走れば逃げられるのです」

「……それは、初耳です」

明煌は、そうだったのか……と呟きながら筆を手に取った。

「わかりました。札をご用意しましょう。何枚必要ですか？」

「ええっと……、できれば、女官と宮女の人数分をお願いしたいのですが、大変だったら十枚ぐらい……」

幽霊が出た場所とか、暗い場所とか、夜に仕事をしている部屋だとか、そういうところにこっそり貼ってもらうだけでも違うだろう。

「でしたら、全員分を書きます。これも道士の務めですから」

「ありがとう、明煌」

これでみんながほっとできる、と莉杏は喜んだ。そして、もう一つのお願いをする。

「書いたお札は、明煌から女官長に渡してくれませんか？」

「私からですか？　皇后陛下からの方がよろしいのでは？」

「女官長はわたくしの耳に幽霊話を入れたくないのです。ですから、お札を書くようにお願いしたことを、女官長には内緒にしておきたいのです。碧玲の親切という形でお札を渡せば、女官長は必要ないと言って受け取らないかもしれませんが、皇太子の明煌に渡されたら、絶対に受け取るはずです」

お願い！　と莉杏が明煌を見上げると、明煌は頷いてくれた。

「そういうことでしたら……。しかし、やはりこれは皇后陛下のお気遣いにすべきだと思います。私は幽霊騒動の話を聞いたとしても、なにもしなかったでしょうから」

明煌が申し訳ないという顔になったので、莉杏はうふふと笑う。

「後宮内も、色々なことがあるのです」

女官試験のときに、女官候補たちが不正をした。よりにもよって、皇后の莉杏と女官長の眼の前で堂々とやってみせたのだ。

女官長は、自分の指導力不足のせいだと、あとで莉杏に謝罪をしにきた。

そもそもまだ女官になっていない人たちによる不正は、女官長の責任ではないだろうけれど、女官長はすぐに見抜けなかったことを恥じたのだろう。

(わたくしが幽霊騒動のことを知ってしまったら、女官長はまた自分がしっかりしていなかったせいだと、がっかりしてしまう)

ここは女官長の顔を立てる場面である。

しかし、なにもしないわけにはいかないので、明煌の力を借りにきたのだ。

「……皇后陛下のご配慮は、いつか女官長たちにも伝わるでしょう」

なぜだかわからないけれど、明煌がほんの少しだけ表情を和らげた。

「皇太子殿下はとてもお優しい方ね～!」

「立派な道士さまだったんでしょう? よくない気配がすると言って、人数分の魔除けの札を書いてくださるなんて、なんて素晴らしい方なの!」

女官が楽しそうに明煌の話をしていた。それを偶然聞いてしまった莉杏は、よしよしと頷く。

『幽霊に会っても、走って逃げたら大丈夫』という助言をするのではなく、『魔除けのお札を与えて安心させる』という方法にしたのは、正解だったようだ。

（あとは幽霊をどうにかしないと）

明煌は幽霊を見たことがないと言っていた。けれども、もしいたとしても、幽霊は明煌の眼の前には出ていけないだろう。徳の高い道士に消されてしまうかもしれないという恐怖から、明煌を避けるはずだ。

「とりあえずわたくしは、今日のお勉強をがんばりましょう！」

女官たちが幽霊にそわそわしている中で、知らないふりを続けるのも大変だ。早くみんなで楽しく過ごせますように……――と思っていたけれど、事態が急変した。


「出たんです!!」


一度は収まったはずの幽霊騒動が、また話題になった。

莉杏は知らないふりをしていたけれど、そろそろそれも不自然になってきたので、女官長からしっかり話を聞くことにする。

「申し訳ありません！　皇后陛下のお心が痛まないようにと思っていたのですが……！」

女官長は自分の責任だという顔をしているけれど、女官長がしっかりしていても、幽霊が出てこなくなるわけではない。

「皇太子殿下からも、よくない気配を感じると言われておりました。これから道士さまをお招きし、よくないものをしっかりと祓っていただくつもりです」

「よろしくお願いしますね」

「はい。しばらくは、陽が落ちる前に陛下のお部屋へお戻りください」

「そうします。……女官と宮女が夜遅くにならないよう、配慮してあげてください」

「お心遣い、感謝いたします。皆にもそう伝えておきます」

女官長が申し訳ないという顔をしながら退出する。

莉杏は、卓の上にある刺繍を手に取り……、集中できそうにないので、また卓に置いた。このままでは、指に針を刺してしまうだろう。

「新しい女官と宮女が気の毒だわ。まだ仕事に慣れていないのに……」

幽霊が出なくなる方法なんてあるのだろうか。

道士によるお札が効かなかったのであれば、道士による経典の読誦も効かない気がする。

「そもそも、幽霊がいるのかどうかも、わたくしはよくわからないわ」

莉杏は、まずは本物を見てみなければならない、と立ち上がった。

莉杏が頼った相手は、碧玲だ。

碧玲は既に幽霊騒動について知っていて、明煌が書いた魔除けの札を後宮にもっていくこともしてくれたので、話が早い。

「幽霊を見たい……ですか？」

「はい！　お祖母さまから、最初は敵をよく知ることが大事だと教わりました」

莉杏の提案に、碧玲は賛成する。

「そうですね。相手がどんな幽霊なのかを確かめなければ、対策の立てようがありません。目撃された場所を調査してみます」

「わたくしもついていきます！　夜ですし、人の眼は多い方がいいでしょうから」

碧玲は、妃か女官か宮女の幽霊ならば絶対に勝てる自信があったので、莉杏がついてくることを許してくれた。

とりあえず今夜は、幽霊が出た場所を回り、幽霊の姿を確認したらそれで終わりだ。

莉杏は暁月に、幽霊調査で帰りが遅くなるという話をしておく。

すると、「勝手にしろよ」と言うはずの暁月が、なぜか莉杏についてくる。

「皇太子が幽霊騒動に関わったのに、おれが無視っていうのも問題だからさぁ」

莉杏の隣にいる暁月を見て碧玲が驚けば、暁月は面倒くさいという顔を隠さずに事情説明をした。

「皇帝も皇后と共に様子を見にきていたって、あとで女官に言っておけ」

「わかりました！」

碧玲が返事をしたあと、暁月は莉杏に「それで？」と促す。

「幽霊の出た場所はわかっているわけ？」

「はい。最初に目撃されたのは、あの古井戸です」

幽霊の出た古井戸は、女官や宮女が暮らしている宮の端の庭にある。この辺りは妃の眼に入らないところなので、見て楽しめるような庭にはしていないらしい。

「古井戸以外のところにも出ています。庭にいたとか、廊下にいたとか、女官の仕事部屋にいたとか……」

「へぇ、ろくでもない志怪小説なら、幽霊が女官を食って力をつけて動き出したとか、そういう解釈をするんだろうけれどな」

「陛下、それは幽霊ではなくて化け物です！」

「化け物の可能性もあるだろ。で、幽霊は女と男、どっちだ？」

「わたくしは女官長から『幽霊』という報告しか受けていません。碧玲はどうでしたか？」

莉杏が尋ねると、直接女官と話をしたはずの碧玲は首をかしげた。

「女官からは女性の幽霊だと聞いております。しかし、どうして女性だと思ったのかは聞いていません。おそらく、服や装飾品から判断したのだと思いますが……」

あとでもう一度訊いておきます、と碧玲は申し訳なさそうな声を出した。

「とりあえず古井戸を見るぞ。なんというか、予想を裏切らない幽霊だなぁ」

暁月と莉杏は、古井戸があるという庭に向かう。

莉杏は懐に入れておいたお札をぎゅっと握りしめた。なにかあったら暁月を守るために、このお札を幽霊に投げつけなければならない。

「陛下、まず私が古井戸の周囲を確認しますので、皇后陛下とここにいてください」

碧玲は廊下に莉杏と暁月を残し、一人で庭に出て古井戸に近づく。

幽霊騒動の真っ最中だというのに、碧玲はちっとも怖がっていなくて、手にもった灯りであちこちを照らしていた。

「……風が出てきたな」

莉杏の耳元でひゅうっと音が鳴る。庭の茘枝の木の枝葉が風に揺らされてざわざわと言い出したせいで、莉杏はなんとなく怖くなってしまった。

（昼間は大丈夫だと思ったのに……！）

思わず暁月の袖をきゅっと掴むと、暁月がその手を握ってくれる。

「先に戻るか？」

見守った。

「いっ、いえ！　陛下がいるならわたくしは大丈夫です！」

寧ろ離れている方が怖い気がする。莉杏は暁月の手をぎゅっと握り返し、碧玲の調査を
「幽霊がいたとしても、三人で押しかけられたら驚くだろうし、今夜は出ないかもな」

「……そういうものなのですか？」

「人間の幽霊なら、人間らしい感情で動くだろ。化け物なら違うだろうけど」

なるほどと莉杏が頷いていると、暁月が思わずというような一歩を踏み出す。

「陛下？」

「いや、今、なにか光ったような……」

暁月が眼をこらそうとしたら、碧玲が手を上げた。

「問題ありません。お二方、こちらへどうぞ」

すぐに暁月は莉杏の手を引いて歩き出す。

いかにも幽霊が出てきそうな古井戸の前に立った莉杏は、まず中を覗きこんでみた。

「水が入っていません。この井戸は、枯れてしまったのでしょうか」

「使わないと枯れてしまうので、もしかしたら水に泥が混ざってしまったとかで、使わな
くなったのかもしれませんね」

碧玲の説明に、莉杏はそうだったのかと驚く。

莉杏は後宮の管理人だけれど、井戸については『ここにありますよ』ということしか知らなかった。

「井戸に投げこまれて殺された女の幽霊ならわかりやすいな。井戸で殺人があったから使わなくなったとか、一つや二つ、後宮の歴史にあるって」

「ひえっ！　……あ！　物語にもありました！　殺して投げ入れた、でしたけれど」

莉杏はここでようやく暁月の『予想を裏切らない幽霊』という発言の意味に気づく。

「幽霊もいいが、さっきこの辺りで……」

暁月は幽霊よりも、古井戸の周りが気になっているらしい。灯りをかざして地面ばかりを見ている。莉杏が暁月を手伝おうと身をかがめたとき、悲鳴が聞こえてきた。


「誰か、……っ、誰かきて‼」


助けを求める声だけれど、碧玲は暁月と莉杏の保護を最優先する。

「私から離れないでください！」

仕事で失敗しただけならいいけれど、命を狙う侵入者がいるのであれば、碧玲しかいないこの状況は危険だ。

「碧玲、行くぞ」

しかし、暁月は怯むことなく歩き出してしまう。

「陛下！　ここには私以外に陛下をお守りできる者がいません！」

「自分の身ぐらい自分で守れる。一応、明るい道を選べ」

三人で庭から廊下に戻ったときには、もう女官たちが灯りをもって集まってきていた。

碧玲は急いで女官から話を聞く。

「幽霊が出たそうです……！」

幽霊よりも恐ろしい事態ではないことがわかり、とりあえず莉杏はほっとした。

「場所は？」

暁月の問いに、女官はなぜ暁月がここにいるのかと驚きながらも答える。

「この回廊と向こうの宮の回廊の間です。そこで白い女を見たと……」

莉杏は、女官たちとかくれんぼをしているので、後宮内にとても詳しい。

幽霊が出たところは、人が通らなくて灯りもない場所だとすぐにわかった。

「見に行くぞ」

莉杏は、暁月や女官たちと共に歩く。

風がさらに強くなっていて、いかにも幽霊が出そうな雰囲気になっていた。

「なるほどねぇ。これもまたいかにもなところだ」

回廊と回廊の間は真っ暗だ。ここで幽霊を見てしまった女官は、怖いのを少し我慢したらすぐに目的の場所に着けると思い、勇気を出して通ってしまったのだろう。

「とりあえず、明日にでも道士を呼んで……」

晩月が集まった女官を解散させようとしたとき、遠くから悲鳴が聞こえてくる。


「誰か、誰かきて！　助けて、幽霊がっ!!」


ここにいる全員が、顔を見合わせた。

莉杏は驚きすぎて、恐ろしいという気持ちが吹き飛んでしまう。

「……はぁ？　どういうことだ、これは」

さすがの暁月も首をかしげた。一晩に二度も幽霊が出てきたことによって、逆に幽霊が嘘くさいものになってしまったのだ。

「行くぞ」

暁月が新たな現場を見に行くと言えば、全員がついていく。回廊と回廊の間にいたので、そのまま庭を横切ることになった。しかしそのとき、突風によって皆の手にある灯りが次々に消えてしまう。

「まぁ、大変！」

「急いで火を分けて！」

女官たちが灯りをもって慌てる中、灯りをもっていない莉杏は、なにかの違和感を覚えた。ゆっくり振り返ると、違和感の正体が判明する。

「え……？」

視界の端に、白くてぼんやりしたものが見える。

ぱちぱちと瞬きをしたら、あっという間にその白いものは消えてしまった。

「……え？」

周囲がまた明るくなると、皆が再び歩き始めたので、莉杏も慌てて足を動かした。暁月の腕にしがみつきながら、先ほど見たものについて必死に考える。

（もしかして、もしかして……!?）

見間違えたのではないかと言われたら、そうかもしれないと頷いてしまうぐらいの、一瞬の出来事だった。回廊と回廊の間に、ぼんやりと光るなにかがたしかにあったのだ。

真夜中の二度の幽霊騒動は『よくわからない』で終わってしまった。

悲鳴を聞いて駆けつけてみても、そこにはもう幽霊がいなかったのだ。

「幽霊ねぇ……」

皇帝の寝室に戻ってきた暁月は、寝台に寝そべっていても寝る気配はない。

その隣の莉杏もまた、まだ眠れそうになかった。

「陛下、あのわたくし、この幽霊騒動は……」

「あんたも気づいたのか」

暁月の言葉に、莉杏は大きく頷く。暁月も見てしまったようだ。

「足の速い本物の幽霊がいます！」

「人間の仕業だな」

莉杏と暁月は、同時にまったく別のことを言う。

しばらく互いの顔を見つめ合い、それから互いに驚いた。

「陛下も幽霊をご覧になったのではなかったのですか⁉」

「はぁ⁉　あんた、見たわけ⁉」

「はい！　見ました！」

「見たのはこれじゃなくて⁉」

暁月は、寝台の横にある小さな卓に載せていた包みを莉杏に渡す。

莉杏が包みを広げてみると、中になにか入っていた。

「石……？　いえ、これは陶器……？　お皿の欠片でしょうか」

「これが古井戸の傍に落ちていた。夜で灯りがあったから、この白い欠片が目立ったんだ。

昼間だったら気づけなかったかもな」

暁月は、莉杏が怪我をしないように陶器の欠片をすぐに取り上げ、手巾で包んで卓に戻す。

「後宮の食器類は、徹底的に管理されている。……なんでかというと、おれが後宮で暮らしていたとき、皇后の食事に割れた食器の欠片が入っていたという事件があったからだ。皇后がその欠片でくちびるを怪我して大騒ぎになり、料理を盛りつけた女官は皇帝の怒りを買い、本人だけではなく、一族ごと処刑された」

食器の欠片で人を殺すのは難しい。毒を入れる方が簡単だ。単純な見落としだったのだろうけれど、皇后を傷つけたということが重視され、反逆罪となってしまったようだ。

「それは……、女官とその家族があまりにも気の毒です……」

「欠片を入れてしまったやつがその女官なのかも怪しいから、気の毒なのはたしかだな」

皇子として後宮で暮らしていたときの暁月は、妃同士の争いというものを何度も見せられ、うんざりしていた。

「その事件のあとから、欠けている皿を見つけたら、欠片が見つかるまで探すことになった。そこまで気をつけているのに、食器の欠片が落ちていたんだよ。幽霊騒動を起こしたやつが見せたかったのは、幽霊ではなくてこの欠片なのかも、と思ったわけだ」

「わぁ……！」

莉杏は暁月の推理に感心する。

「で、あんたはなにを見たって？」

「そうです！　わたくし、幽霊が出た場所で、幽霊を見てしまったのです！」

莉杏は、幽霊を見るまでの出来事をひとつひとつ説明していった。

「回廊と回廊の間に幽霊が出たと聞いて見に行ってみたけれど、幽霊はいなかった。そのあとすぐ、他の場所から悲鳴が聞こえてきた。様子を見に行くために庭を通ると、風で灯りが消えて暗くなった。暗い中で振り返ったら、ぼんやりとした白いものが見えた。灯りがつくとほぼ同時に、白いものは見えなくなった……か」

「見間違えただけなのかもしれませんけれど……」

莉杏は、幽霊を見たという自信がなくなってきた。あれはほんの一瞬のことだったのだ。

「……なんか妙だな、この幽霊騒動は」

暁月の呟きに、莉杏も同意する。

「もしも幽霊の仕業だったら、幽霊の足がとても速いことになります」

古井戸にいたはずの幽霊が、後宮内を走り回っている。

その姿を想像し、莉杏は怖くなってしまった。

「幽霊の足の速さねぇ……。まぁ、今は考えても答えが出ないか」

暁月はあっさり考えることをやめ、考えるために必要なものをくちにした。

「あんた、明日は後宮で殺されたやつについて調べろ。……あ～、殺人に限らないか。病死と自殺もだ」

「はいっ！」

莉杏は力強く返事をする。

これは大事なお仕事だと気合を入れていると、先ほどまであったはずの恐怖がいつの間にかなくなっていた。


翌日、暁月は明煌を連れて後宮を訪れた。

莉杏は皇后として二人を迎え、幽霊が出たと言われている場所で、明煌に経典の読誦をしてもらう。

「ありがとう、明煌。助かりました」

暁月と明煌はすぐに後宮を出て行った。残された莉杏は、暁月から頼まれた仕事をするために、女官長に協力を求める。

「……後宮の歴史、ですか」

「はい。まとめたものはありますか？」

「後宮史がございます。それから女官と宮女の日誌も保管しております。いつごろのものからご用意しましょうか」

いつごろのものから、と言われ、莉杏はどこからだろうかと悩んだ。

「百年前ぐらいから……でお願いします」

「承知いたしました。皇后陛下の宮に運ばせます」

すぐに女官たちが手分けしてもってきてくれ、卓の上へ次々に置いていく。

莉杏は、一日では絶対に読めない量の資料に圧倒されながらも、まずは後宮の出来事を綴った後宮史を手に取った。

「後宮史を読むと、いつ誰が後宮入りしたのか、どんな行事があったのか、陛下からどのような贈りものを頂いたのか、誰が妊娠して出産したのかもわかるのね」

人が亡くなったことも書かれているけれど、それは妃や皇子や皇女についてのものだけだ。女官と宮女については、いつ辞めたのか、いつ亡くなったのか、はっきりしない。知りたいのなら、女官や宮女の日誌を調べるしかないだろう。

「陛下がおっしゃっていた、食器の欠片が入っていた事件は……、後宮史には記されていないみたい」

かつて本当に、一族を皆殺しにする恐ろしい皇帝がここにいた。

莉杏にとっての皇帝は暁月なので、「まさかそんな」と言いたくなってしまう。

「皇后陛下、お茶でもいかがですか？」

女官の日誌に手をつけようとしたとき、様子を見にきてくれた女官が声をかけてくれる。莉杏はお願いしますと答え、日誌を閉じた。

「よかったら、わたくしのお茶につきあってください」

莉杏のおねだりに、女官は喜んでと言ってくれる。

今、莉杏には侍女(じじょ)がいないので、女官が侍女代わりに色々なことをしてくれていた。皇后の話し相手も、女官業務の一つだ。

「昨夜、陛下から、食器の欠片にまつわる事件について教えていただいたのですが、それは何年前のことなのか知っていますか？」

莉杏の問いに、女官は茶を入れながら答えた。

「知っております。あれは……八年前でしょうか。私は後宮入りしたばかりでしたが、大きな騒(さわ)ぎになったので覚えています」

「八年前……」

ということは、暁月が十歳のときの出来事だ。

「その事件のあと、お皿が欠けてしまったら、欠片が見つかるまでみんなで探すという決まりができました。調理中の食事はすべて廃棄(はいき)するという決まりもできました。ですがその二つの決まりだけだと問題があったのです」

「問題？」

対策をこれだけしたら、食事に食器の欠片が混ざることはないだろう。

莉杏はなにが問題なのかまったくわからず、首をかしげてしまう。

「欠けたお皿を、こっそり隠す者がいたのです」

「ええっ⁉　……あ！　怒られたくなかったから⁉」

叱るときは、相手をよく見ておけと暁月から言われている。

叱ることで『次はやらない』になればいいけれど、『次は隠そう』になってしまうことも多いのだ。

「はい。それで月に一度、女官全員で食器の枚数を数えているんですよ」

「女官のお仕事は大変なんですね……」

莉杏は『女官は献立を考え、盛りつけをし、必要な道具や食材を管理する』ということは知っていても、それらに関係する細かい仕事内容については、はまだよくわかっていなかった。

（陛下は食器の管理方法をご存じだから、あの欠片を見て『おかしい』と思ったのね）

物事をよく知っていたら、おかしいという言葉が出てくる。

莉杏は皇后として、もっと後宮について学ばなければならない。例えば……。

「幽霊が出た古井戸は、どうして使われなくなったのですか？」

食器の欠片もだけれど、食器の欠片が落ちていた古井戸についてもよく知らない。きちんと理由があるなら知っておきたかった。

「それは……」

女官は、知っているけれど言いにくいという表情になっている。

これはもしかして、と莉杏も察することができた。単純に泥混じりの水が出てきたという話ではなく、暁月が言っていたような不吉な理由があるのだ。

「……その、井戸で亡くなってしまった女官がいたのです」

「井戸の中に落ちてしまったのですか？」

「ええっと、あまりくちにしてもいい話ではありませんので……」

女官は内緒にしてくださいね、と小声で教えてくれる。

「食器の欠片が入った食事を先々皇后陛下に出してしまった女官が、あの古井戸のところにある茘枝の木を使って、罪を償おうとしたのです」

「……っ！」

莉杏は、それはたしかに井戸を使わなくなる……と思ったところで、疑問が生まれた。

「償おうとしたということは、その女官は生きていたのですか……？」

「いいえ、その女官は亡くなりました。しかし、先々皇后陛下を傷つけた罪は重く、彼女一人では責任をとりきれなかったのです」

暁月が、一族全員処刑されたという話をしていた。暁月の言い方だと、女官も処刑されたように聞こえたが、当時十歳の暁月に「女官が首をつって亡くなった」と教える人はいなかったのだろう。

(昔から後宮にいる女官は、古井戸の幽霊と言われたら、あの女官だとすぐにわかるわね。そして、そこに落ちていないはずの食器の欠片が落ちていたら……)

上手くできすぎていて、人間がやったみたい。

莉杏もようやく暁月と同じような感想を抱いた。

莉杏は、後宮史や日誌を読み、後宮で亡くなった人を探した。

妃や皇子、皇女のことは後宮史に書いてあるけれど、女官と宮女については『女官が一人倒れた』『病で後宮を去った』という記述が日誌に時々あるぐらいだ。

「亡くなったときの様子なんて、どこにも書かれていなかったわ」

莉杏は、肩を落としながら寝室で暁月を待った。帰ってきた暁月にたった一枚しかない報告書を渡したら、なぜか暁月が笑い出す。

「ちょっと待っていろ」

しばらくすると、暁月はたくさんの書物を抱えて戻ってきた。

「最初からこれを見ろって言っておけばよかったな」

「これ？」

暁月がもってきたものは、後宮医の治療記録だ。

「……あ！」

「そう。後宮で人が倒れたら、まず後宮医が呼ばれる。病死でも最後の確認のために呼ばれる。どちらにしろ、ここに記録が残る」

医者の記録というものを思いつけなかった莉杏は、「すごい！」という瞳で暁月を見つめた。

「処刑されたやつの記録は、刑部のところに残る。先々代のときも先代のときも、処刑で死んだやつはけっこういるし、そっちはあとで海成にやらせておくよ」

暁月は恐ろしいことをさらりと言う。

「食器の欠片が原因で死んだやつは……、お、あったあった。縄による窒息死で、夜中に死んだって書いてある。名前は……在蓉芳だ。自殺だったのは知らなかったな。処刑だと思っていた」

調べても出てこなかった女官の名前が、治療記録からあっさり出てきた。

「女官の仕事部屋で死んだやつがいるのなら、事故死か殺人だろう。病死以外で死んだやつは……」

暁月がぱらぱらとめくっていき、ここにはないと次の書物を手に取る。

慌てて莉杏も一つ手にとり、頁(ページ)をめくっていった。

「これは自殺だ。こっちは……毒殺か」

後宮で本当にあった恐ろしい話が、後宮医の治療記録に残っている。

莉杏は、一年に十人も亡くなっている年を見つけてしまい、かつての後宮は物語よりも怖いところだと知ってしまった。

「厨房で死んだやつは三人いるみたいだな。厨房に幽霊が出たぐらいの話だと、誰なのかを特定するのは無理だ」

それでも暁月は、亡くなった女官や宮女の名前を紙に記しておく。

「わたくしは、同じ幽霊があちこちに出ているのだと思っていました」

「そこなんだよな」

暁月が後宮医の記録を閉じ、卓の上に置いた。

「あんたさぁ、死んで幽霊になったつもりで後宮内を歩いてみろ」

「はいっ！」

莉杏は死んでしまって……と想像し、かっと眼を見開く。

「陛下！　設定がもう少しないと難しいです！」

「設定〜？　あんた、妙なところにこだわるな。あ〜っと、なら、明日、あんたが後宮で転んで、回廊の手すりの角に頭をぶつけて死ぬんだ。で、幽霊になった」

「わかりました、がんばります！」

　暁月はとんでもない雑な死に方を提案したけれど、莉杏は気にしない。

　眼を閉じて死ぬ場面を想像し、幽霊になったところで眼を開ける。

「わたくしは、陛下のところに行きます。幽霊になったことを相談します！」

「うっわ、あんたさぁ、絶対におれよりあとで死んでよね」

「一緒に死ぬから大丈夫です！」

「そうだった、そうだった。……で、ようするにさぁ、幽霊は心残りのあるところに行く。移動できて、それなりに思考能力が残っていればの話だけれど」

「心残り……！　たしかにそうです！」

「女官か宮女の幽霊がいて、厨房だとか仕事部屋だとか廊下だとか、生きているころのような動きをしている。それはいいんだけれど、だとしたら、死んだときの姿を古井戸で目撃されるのはおかしいよな。そいつは仕事をしたいのであって、死んだ姿を見てほしいわけじゃないんだからさ。……古井戸の幽霊と他の幽霊が別ものなら、この時期にまとめて出てきた理由がほしい」

　つまり、と暁月がこの幽霊騒動の印象を語った。

「なんか、すべてがかみ合っていない気がする」

「かみ合っていない……」

「とりあえず、おれは刑部の記録をあさっておく。あんたは……まぁ、好きにしなよ」

「はいっ！」

暁月の言っていることが、莉杏にもなんとなく伝わった。

(同じ幽霊だとしても、別々の幽霊だとしても、上手く説明できないところがあるのね。そもそも幽霊は、見えたり見えなかったり、上手く説明できない存在だけれど……)

また会えたら今度こそがんばって話しかけたい……と思っているうちに、莉杏は眠ってしまった。


翌日、莉杏(りあん)は後宮の幽霊を探してみた。

幽霊は夜しか出てこないと言われているけれど、手がかりぐらいはあるかもしれない。

「古井戸、回廊と回廊の間、廊下、お庭、厨房、女官の仕事部屋……、これで全部よね」

莉杏はすべてを見て回ったけれど、手がかりは一つも出てこなかった。

「幽霊が出てくる条件……。まずは夜よね。他には……」

——幽霊がいたとしても、三人で押しかけられたら驚くだろうし……。

暁月(あかつき)の言葉を思い出した莉杏は、眼を見開く。

「そうだわ！　幽霊を見た人は、そのとき一人だった！」

自分はどうだっただろうかと、記憶を探る。

あのときは、みんなで火をわけ合っていて、莉杏だけが振り返っていた。

「幽霊が出てくる条件は、『夜』と『一人』……⁉　ううん、夜でも、明るすぎると駄目かもしれない。わたくしは灯りが消えたときに見たもの」

莉杏は、大変なことに気づいてしまったと、どきどきする。

「幽霊に会いたいのなら、夜に一人で、灯りをもたずに歩かないと……！」

ようやく手がかりらしい手がかりを摑んだ気がした。

早速、今夜一人で……と考えたけれど、すぐに諦める。

夜、暁月の部屋から後宮に一人で行けば、後宮の門のところで必ず呼び止められ、女官を呼ばれてしまうだろう。

（残念だわ。一人でがんばって、陛下に「よくやった」と褒めてもらいたかったのに）

皇后の不自由さというものを、莉杏は嫌でも実感してしまった。


莉杏は碧玲を頼ることにした。

碧玲は、幽霊が一人のときにしか出てこないかもしれないという莉杏の説に、たしかに大勢で見たという話はほとんど聞かないと呟き、納得してくれた。

夜が深まってから、莉杏と碧玲はそれぞれ灯りをもち、回廊と回廊の間に向かう。

「安全を確認しますので、少しお待ちください」

碧玲は、侵入者や幽霊が隠れていないかを、灯りをもったまま確認した。

その確認が終わると、碧玲は灯りをもって莉杏から離れていき、庭の向こう側にある廊下まで出る。碧玲の足ならば、五つ数える間に莉杏のところまでいける距離だ。

「手を振って碧玲に合図をして……。うん、碧玲も手を振ったわね」

莉杏は、自分の灯りを消した。

幽霊が出てくる条件はこれで揃ったはずだ。あとは待つだけである。

いよいよだと、ゆっくり周りを見ていくと……。


「っ、きゃ～～～!!」


思わず莉杏のくちから悲鳴が飛び出た。なぜかというと、うしろにあった塀の辺りに、白くてぼんやりした影が現れたのだ。あまりにも早すぎる幽霊の登場に驚いてしまう。

「皇后陛下!!」

碧玲が慌てて駆けつけてくれる。莉杏も急いで走った。幽霊は足が遅いはずだ。

「碧玲！　幽霊がいます！」

「私も見ました！　皇后陛下、こちらへ！」

碧玲のうしろに隠れると、碧玲が灯りを壁（かべ）に向ける。すると、あったはずの白い影がいつの間にかなくなっていた。

「やはり灯りに弱い……？」

莉杏から聞かされた幽霊の習性通りだと、碧玲は眼を見開く。

「碧玲、灯りを消してみましょう。先ほどは突然だったので驚いてしまいましたが、もう大丈夫です……！」

莉杏が促せば、碧玲は覚悟（かくご）を決めた顔で頷いた。

碧玲は自分の灯りを消し、再びこの辺りを真っ暗にする。すると、白くてぼんやりしたものがまた現れた。

「これが幽霊……！」

碧玲は、一人のときだけではなく二人のときも幽霊が出てきたことから、三人行動をするように女官長へ伝えなければならない、と真剣（しんけん）に考えた。

莉杏はそのうしろで白い幽霊をじっと見つめ……、違和感を覚える。

「もしかして……壁画（へきが）……？」

ところどころ足りない『線』がある。これは、絵ではないだろうか。

莉杏は碧玲のうしろから出て、白いものに向かって手を伸ばした。

「皇后陛下⁉」

「やっぱり……壁です。碧玲、これ、壁画です。壁に描かれている仙女です」

莉杏は手のひらで壁の感触を確かめる。

「壁画⁉」

碧玲は驚きながら、莉杏と同じように壁を触った。

白くぼんやり光っている線がある。ところどころ途切れているし、光がとても弱々しいからわかりにくいけれど、たしかに壁に描かれている絵だ。

「蛍よりも弱い光です。これでは灯りがあると見えなくなってしまいますね」

碧玲がなるほどと頷いている間にも、光は段々弱くなっていってしまった。

「もう一度灯りをつけてみます」

碧玲が灯りをつけると、壁画は見えなくなった。

「驚きました。こんなところに光る壁画があったなんて……！」

莉杏が感激すると、碧玲も同意する。

「光る顔料で描かれたものでしょうね。初めて見ました。幽霊の正体の一つは……あ、いえ、二つはこれかもしれません」

回廊と回廊の間にいた幽霊の正体は、この光る壁画だ。しかし碧玲は、なぜか『二つ』

と言った。

「私は向こう側の廊下から皇后陛下を見ていたのですが、皇后陛下が灯りを消して真っ暗になったとき、弱い光がもっと手前に……庭にあるように思えました。暗くて光までの距離が上手く摑めなかったのです」

莉杏の悲鳴を聞いて走り出した碧玲は、庭を横切っている最中に、白い光までの距離を見誤っていたことに気づいたのだ。

「庭の幽霊の正体も光る壁画だということですね！」

莉杏と碧玲は、幽霊を見た人たちの動きを再現してみる。

まずは庭で幽霊を見た宮女だ。

彼女は、夜中に一人でいることが怖くて、きょろきょろしながら歩いていた。すると、左側の奥に白いものを見たのだ。

「宮女の証言通りの位置に立つと、左側の奥に壁画があります」

おそらく宮女は、壁画の光が手前の庭にあると思ったのだろう。

「次は幽霊を廊下で見た女官ですね」

莉杏と碧玲は、次の場所に移動する。

廊下を歩いていた女官は、向こう側の回廊の端に幽霊がいたと言っていた。

「……向こう、あっ」

光る壁画は直接見えないけれど、その光に照らされた回廊の端なら見えるかもしれない。

「なるほど。二つどころか三つの幽霊は、壁画の光を見間違えたものかもしれません」

碧玲が言った通り、いくつかの幽霊は一つの壁画で説明できる。

正体がはっきりしてしまうと、幽霊への恐怖がなくなってしまった。

「あとは厨房と女官の仕事部屋と古井戸の幽霊ですね。残りは壁画から離れているところにありますから、壁画の光を見間違えたということはなさそうです」

莉杏は喋りながら、光が消えてしまった壁画に向かって歩き始める。

「光る壁画については、わたくしから陛下と女官長に報告しておきます。明日からはこの辺りを安心して通れますね」

莉杏は壁画の前で足を止め、碧玲の灯りに照らされている壁をじっくり見た。

「この壁画の光は弱くて、近くに灯りがあると負けてしまい、光っていないように見えます。それに、いつも光っているわけでもなさそうです。……光る条件がきっとあるはずです。碧玲、灯りを消してみてください」

莉杏に頼まれた碧玲は、手元の灯りを消す。再び暗闇（くらやみ）が広がると、また壁画がぼんやりと光っていた。

「本当にどういう条件なんでしょうか。定期的に光ったり消えたりする……？」

碧玲が首をかしげる横で、莉杏はもしかしてと気づく。

光っているときの条件を整理すると、共通点が見えてきたのだ。

壁画が光り始める少し前、莉杏と灯りは必ず壁画の近くにいた。

壁画から遠くのところに莉杏と灯りがあるとき、壁画は光らなかった。

「人か灯りか、もしくは両方を近づけておくと、しばらく光るのかもしれません」

莉杏は壁画の前に灯りを置き、碧玲と共に壁画からまた離れてみる。

しばらくしてから灯りを消しにいくと、壁画はまたぼんやりと光っていた。

「もっと色々なことを試さなければいけませんが、この壁画には光を吸う性質があるみたいですね」

碧玲が感心したように呟く。

「はい。素敵な壁画です」

莉杏は、暁月によい報告ができることを喜んだ。


莉杏から光る壁画のことを聞かされた暁月は、「本当に〜？」と疑う。しかし、後宮で現物を見せられたら信じるしかない。

暁月も知らなかった『光る顔料で描かれた壁画』について、莉杏なりに調べてみたけれど、後宮史にも日誌にもそれらしい記述はなかった。

暁月も皇帝側の記録を探してみたけれど、どこにもなかった。

謎の解明を諦めかけていたそのとき、文官の海成があっさり答えをくちにする。

「東の国の貝殻を使った顔料ですよね、たしか」

驚く莉杏と暁月に、海成は光る壁画の正体を説明してくれた。

「天庚国の皇帝が、夜になると現れる不思議な牛についての詩歌を残しています。正体は光る絵だったんですけれど、同じ顔料が使われているのではないでしょうか」

海成は書庫を探り、古い巻物を見つけてきた。

「俺が知っているのは天庚国の屏風絵の話なので、赤奏国の後宮の壁画がいつ描かれたものかはわかりません」

海成のおかげで、とても貴重なものということだけは莉杏にもわかった。暁月も感心したように古い詩歌を読んでいる。

海成は、それでは失礼しますと言い、古い巻物を抱えて皇帝の私室を出て行った。

「きっと昔は、もっと美しい壁画だったのでしょうね」

かつては、貴重な顔料を使った素晴らしい仙女の壁画を、皇帝と皇后が夜に見ていたのだろう。

「陛下、今夜わたくしと一緒に、壁画を眺めにいきませんか？」

莉杏の誘いに、暁月はため息をつく。

「あんなぼろぼろのぼやっと光るだけの壁画を見て、なにが楽しいんだよ」

「元はどのぐらい美しかったのかを考えるだけでも楽しいです！」

「あんたって安上がりでいいよね」

暁月はそっけなく莉杏の誘いを突き放したあと、にやりと笑った。

「明日の夜、もっといいところに連れていってやるよ。幽霊事件が半分解決したのは、あんたががんばったからだし、ご褒美をあげないとな」

暁月の言葉に、莉杏は興奮してしまう。

もっといいところとはどこだろうか。茘枝城の宝物殿にある美しい絵を眺めに行くのだろうか。

（嬉しい！　陛下のお誘いは、わたくしにとって光る顔料よりも貴重なものだもの！）

それからの莉杏は、ずっとわくわくしていた。翌日、仕事が終わった暁月が呼びにきてくれたとき、嬉しさのあまりに飛びついてしまうほどだ。

「……もしかして、外に出かけるのですか⁉」

驚く莉杏に、暁月は馬を撫でながら答える。

「あんた、馬に乗るのが上手くなってきたから、ようやく気軽に遠出できるんだよね。しっかり摑まっていろよ」

「はい！」

暁月は莉杏をひょいと馬に乗せたあと、自分もまたがる。莉杏がしっかりと腰にしがみついたのを確かめてから、馬を走らせた。

護衛の人たちが莉杏の馬の前やうしろにいるけれど、莉杏は恋の力というものを使い、二人きりのつもりで楽しむ。

「これは、もしかして、恋人同士の逢い引きではありませんか……!?」

莉杏がはっとすると、暁月の呆れた声が聞こえてきた。

「毎日会ってるのに『逢い引き』って、おかしくないか？」

馬に乗っているから、わたくしは毎日逢い引きをしたいです！」

馬に乗っているから、叫ばないと相手に伝わらない。莉杏は必死に大きな声を出す。

初めは馬の動きについていくだけで精いっぱいだったけれど、しばらくすると馬の動きに慣れてきた。左右を見て景色を楽しもう……として、夜だからほとんど見えなくてがっかりする。

(昼間だったら素敵な景色が見えたかもしれないのに……！)

せめて暁月の背中だけでもしっかり楽しんでおきたくて、手に力をこめた。そのとき、これだけでも充分幸せだということに気づく。

──暁月が馬に乗せてくれて、一緒に駆けている。

暗いからこそ、完全に二人きりの世界だと思えるし、なによりもこれは初めての逢い引きなのだ。

(夜でよかった……！　わたくし、幸せ……！)

莉杏は、あっさり手のひらを返す。

うっとりしていると、馬が速度を落としていく。そろそろ止まるのかもしれない。

「……川？」

水の流れる音がする。景色を楽しみたいのなら昼間にくるべきだろうけれど、暁月は忙（いそが）しいので、夜しか時間がとれなかったのかもしれない。

(わたくしは、星空を見るだけでもいいの)

馬から下ろしてもらった莉杏は、もう満足していた。

あとは暁月とちょっとお喋りできたら、初めての最高の逢い引きになる。

「莉杏、眼を閉じていろ。おれが手を引いてやるから、ゆっくり歩け」

「歩く？」

よくわからないまま、暁月に言われた通り、眼を閉じる。

温かい暁月の手が莉杏の手を握り、こっちにこいと引いてくれた。

(気をつけないと。ゆっくり、ゆっくり)

暁月は慎重に歩いてくれた。足の裏を使ってつまずきそうな場所がないかを確かめ、危ないところは声をかけるか、抱き上げるかしてくれる。

「この辺りでいいか。……眼を開けろ」

莉杏の長いまつげが一度震えたあと、そっともち上がった。

「え……？」

視界に飛びこんできたのは、柔らかな黄色の粒だ。

漆黒の闇の中にある小さな光が、莉杏の周りを滑らかに動いていた。

（これって……）

莉杏は小さな光に手を伸ばす。

その手に惹かれたのか、小さな光がふわりと莉杏の手に降りてきて、そしてすぐに飛んでいった。

「蛍!?」

「そう。壁画のぼやけた光よりも、こっちの方がまだ見応えがあるだろ」

ひとつ、ふたつ、みっつ。

莉杏は、すぐに数えきれなくなった。蛍の数は、間違いなく百を超えている。

「蛍です！　蛍！　陛下、すごい……！」

莉杏は暁月の手を引いて、蛍が飛び交う中を歩く。

はしゃぐ莉杏に、暁月は気をつけろよと注意した。

「こんなにいっぱい……！　とても綺麗です……！」

物語の中に出てくる蛍は、籠に入れられた状態で贈られたり、偶然庭に迷いこんできたりと、小さな一つの光という書かれ方ばかりだった。

しかしここには、その小さな光が数えきれないほどあって、暁月の表情も見えてしまうぐらいの明るさになっているのだ。

物語を読むだけでは想像できない幻想的な光景に、莉杏は感情を高ぶらせていく。

「うわぁ……！」

頬を染めながら、全身で美しい光を味わった。

「ここは陛下のお気に入りの場所なのですか⁉」

「そんなわけないだろ。これは虫だぞ、虫」

暁月は近づいてきた光を手で払う。どうやら蛍を好んでいるわけではなさそうだ。

（それでもわたくしを連れてきてくださったのね）

莉杏なら喜ぶだろうと思い、莉杏のためにここを選んだのだ。

そのことが、胸を熱くする。

――わたくし、この方が好き……！

莉杏は暁月に飛びつく。

小さな腕と手で、力いっぱい暁月を抱きしめた。

「陛下、陛下！　ありがとうございます！」

美しい光景を暁月が見せたいと思ってくれて、その美しい光景の中に暁月と一緒にいる。

あまりにも幸せで、息がつまりそうだ。

「そんなに気に入ったのか？」

「はい！　ですが、それは陛下が連れてきてくださったからです！」

莉杏は暁月を見上げ、この想いを必死に伝えた。

「わたくしは、陛下のお気持ちが嬉しいのです。一人できても、一人で見ても、とても美しいと感動したでしょう。ですが、陛下がここにいてくださるから、一人のときとは比べものにならないぐらいに感激しているのです」

暁月の周りを、蛍が飛び交っている。

激しい炎(ほのお)のような輝(かがや)きをもつ金色の瞳(ひとみ)が、蛍の光によって柔らかな輝きになっていた。

「愛(いと)しい方と見る光景は、その時点で特別なのです」

暁月の瞳に、莉杏が映っている。

自分と同じように、蛍の光に照らされているこの光景を、特別だと思ってほしい。

——どうか、あなたの心にこの姿が少しでも残りますように。

莉杏の祈るような気持ちが伝わったのか、暁月がほんのわずかに笑った。

「本当に安上がりなやつだな」

褒められた気がした莉杏は、暁月の腕にしがみついて、逢い引きを再開する。

どこでここを知ったのかを尋ね、また来年も見に行きたいとお願いし、暁月の面倒くさそうな「わかったよ」を引き出すことに成功した。

「でも、陛下。わたくしはこんな素敵なご褒美をもらってもよかったのでしょうか」

莉杏は、はしゃぎながらも気になったことを尋ねる。

「わたくしは、幽霊事件を完全に解決できていません。古井戸の幽霊とか、厨房の幽霊とか、女官の仕事部屋の幽霊とか、その謎は解けていないのです」

人間の仕業なら、細工をした人間に事情を訊くべきだし、幽霊の仕業なら、幽霊に眠ってもらわないといけない。

そもそも、人間なのか本物の幽霊なのかも、まだ莉杏はわかっていなかった。

「古井戸の幽霊については、一応おれに案がある。多分、騒動も収まるだろ」

「正体がわかったのですか⁉」

「ちっともわからない。でも、正体よりも安心することが大事なんだよ」

暁月の言葉を、莉杏はなんとなく理解した。

（そうよね。女官や宮女が安心して働けるようになれば、人間であっても幽霊であっても、

どちらでもいいもの）
納得はしたけれども、莉杏は好奇心が強いので、できれば正体が知りたい。
暁月の案でわかるといいな、と微笑んだ。

暁月の案は、古井戸を埋めて、傍の大きな茘枝の木も切ってしまうというものだった。

すぐにその作業が行われ、いかにも幽霊が出そうな場所が、なにもない場所になる。

「見通しがよくなりましたね」

莉杏は、暁月の案に感心する。強引ではあるけれど、縄を結ぶ木がなくなってしまったら、『首をつった幽霊』は出にくいだろう。

（切った木は、明煌が薪にして、道教院に送る。これなら安心できるわ）

光る貴重な壁画があったという話のおかげで、女官や宮女は落ち着きを取り戻しつつあるし、古井戸があった場所も暁月の命令によってただのなにもないところになった。

莉杏は、これで幽霊騒動が落ち着くことを願いながら、皇后の宮での勉強に励む。

「皇后陛下、お茶の時間にしましょう」

ほどよい頃合いを見計い、女官が声をかけてくれた。

莉杏は一緒に茶を飲んでほしいと声をかけ、女官とのお茶を楽しむ。

「光る壁画は、朱雀神獣廟に移すことも考えているそうです」

女官の言葉に、莉杏は頷いた。

「このままだと、雨風でさらに輝きが薄くなるでしょうし、その方がよさそうですね」

いつ誰が描いたのかはわからないままだけれど、貴重なものだ。きちんと管理しておこう。

「毒見をしますね」

茶を入れた女官とはまた別の女官が、毒見用の小さな飲杯で茶を飲み、茶菓子をひと欠片くちにする。

異常がないことを確認し終わってから、莉杏はさわやかな香りの茶を手にした。

「……この香りは、鳳凰単叢？」

「はい。秋摘みのものが入ってまいりました」

暦の上では秋でも、赤奏国はなかなか涼しくなってくれない。

しかし、皇后の衣服は秋を意識した色になるし、くちにするものも秋らしくなる。

(干し葡萄入りの月餅だ！)

月餅をもつと、ふわりと葡萄の香りが漂った。

眼を輝かせながらかじると、がりっという音が鳴る。

（あれ……？）

貝に含まれていた砂を噛んだときのような、誤って入ってしまった卵の殻を噛んだときのような、そんな感触と音に驚いた。

（ええっと……手巾を）

葡萄の種が残っていたのだろうか。

莉杏が慌てて手巾でくちもとを覆うと、女官がどうしましたかと顔色を変える。

「ええっと、葡萄の種が……」

手巾で舌をぬぐうと、ぽろりと硬いものが卓に落ちた。それは、種よりも硬い音を立てる。

「これは……!?」

月餅に入っていたのは、種ではない。小さくて白い……陶器の破片のようなものだ。

「っ、誰か！　誰かきて！」

女官の叫び声を聞いた別の女官たちが、すぐに集まってくる。

「皇后陛下！　飲みこんではいませんね!?　すべて吐き出してください！」

「大丈夫です。すぐに気づいたので……」

「くちをゆすいでください！　こちらで！　医師を！　毒見の女官に異常がないかをもう一度確認して！」

周りが一気に慌ただしくなる。

莉杏は女官に言われた通りに動きながらも、卓の上の陶器の破片から眼を離さなかった。

（どうして……？）

八年前、この後宮では、食器の欠片が入ったままの食事を皇后に出してしまった女官がいた。皇后がその欠片で怪我をしたため、その女官は皇帝の怒りを買った。

責任を感じた女官は自らの死で償おうとしたけれど、皇帝の怒りは収まらず、一族も処刑されてしまった。

それから、食器の管理が厳しくなった。欠けてしまった皿があれば、欠片が見つかるまで探すし、割ってしまった皿を隠してもわかるように、皿の枚数を数えているのだ。

——それなのに、陶器の欠片が皇后の茶菓子に入っていた。

八年前の事件を知っている女官は、激しく動揺する。

なぜこんなことに。どうして。

（古井戸の傍に落ちていた陶器の欠片と、わたくしのお菓子から出てきた陶器の欠片。この二つに意味があるとしたら……）

莉杏は、陶器の欠片がこう言っている気がした。

——『私を見て』と。

暁月は女官長からの急ぎの報告を聞いたあと、大きな舌打ちをした。

「莉杏に怪我は？」

「ございません。他の異常もございませんでした。毒見の女官も別室にて様子を見ておりますが、こちらにも異常はありません」

女官長は深く頭を下げる。

「本当に申し訳ありません。このようなことが起こるのではないかと、陛下から忠告を受けておりましたのに……！」

暁月は、光る壁画の存在を知ったあと、一つの疑問をもった。

——あの壁画は、光を吸ってそれを放つ。ならば、壁画が光る前に、誰かがあの場所で灯りをもっていたことになる。

（光る壁画のことを知っていてのいたずらならいい。問題は、光る壁画のことを知らなかったやつが偶然そこにいたかもしれないことだ）

壁画の場所は、庭や回廊からは見えにくい。

そんなところでわざわざ灯りをもったまま立ち止まっている人間なんて、ろくでもないことをしている最中だろう。

（たとえば、女官の仕事部屋に誰かがいるように見せかける準備だとか、変装して厨房に忍びこむ準備だとか、古井戸に細工をする準備だとかな）

古井戸に『首をつった女の幽霊』が出たら、八年前の事件を知っている者は、すぐに食器の欠片入りの食事を出した女官の姿を思い浮かべる。

女官の作業部屋に誰かいたとか、厨房に誰かいたでは、特定の人物を思い浮かべることは不可能だ。

だから暁月は、古井戸を埋めて木を切った。

古井戸以外のところで幽霊が出たとしても、ただの幽霊にしかならない。

それでも『古井戸で首をつった女の幽霊』にこだわりたい者がいるのなら、欠けた食器かその欠片をわざとわかるように置いておく……というような話を、暁月は女官長にしておいたのだ。

「莉杏は命を狙われたわけじゃない。陶器の欠片だけで殺すのは難しい。それなら毒を飲ませる方が早い。……茶菓子をつくったのは誰だ？」

「こちらにまとめておきました」

女官長は、茶菓子づくりに関わった女官や宮女の処分を覚悟しているのだろう。

女官や宮女によるただの失敗なら女官長が庇えばいいけれど、意図的にやった者がいて、その人物の特定ができないのなら、まとめて後宮から追放しなければならない。

「材料を運んだ者、触った者、調理をした者……。ここまでは宮女か。それを選んで皿に盛りつけた者と、運んだ者は別だった。さらに、莉杏と女官と毒見用の三つの月餅をそれぞれに配ったのはまた別の女官……」

莉杏に、陶器の欠片入りの月餅をわざと食べさせるのは難しい。

犯人の目的は、皇后への嫌がらせではないだろう。

『陶器の欠片』を皆の眼に触れさせることで、なにかを思い出させたいのだ。

「材料に陶器の欠片を混入させる程度のことなら、後宮にいるやつのほとんどができる。今回のように、莉杏に出す食べものに関しては、できる限り工程ごとに担当を分けろ」

「承知いたしました」

「欠けた食器があるかどうかの確認はしたか？」

「はい。欠けた食器はありませんでした。枚数も確認済みです」

「陶器の欠片ぐらいなら、どんな荷物にでも隠すことが可能だしな。……今回はより注意しろとだけ言っておく。もう下がれ」

「寛大なお言葉、本当にありがとうございます……！」

女官長は、自分の頭と胴体が離れることも覚悟していたが、暁月は許してくれた。そのことに感謝しながら皇帝の執務室を出ていく。

「……どこの誰だか知らないが、くだらないことをしやがって。おれの女に手を出したことを後悔させてやるよ」

莉杏は蛍の光の中で、その光がかすむぐらいの輝く笑顔を見せていた。

光る壁画を見つけたご褒美の思い出に、しばらく浮かれているはずだったのだ。

「ふん。どうせ首をつった女官の関係者だろうな」

暁月は、刑部の記録と戸部の記録を徹底的に調べることにした。

一族が皆殺しになっても、仲のいい友人や、別の一族に嫁いだ女から生まれた子は生きている。その人間を追っていけば、後宮内でつまらないことをした犯人が見つかるはずだ。

# 三問目

後宮内での幽霊騒動は、目撃された場所の一つである古井戸を埋めて、傍に植えてあった茘枝の木を切ったことで、ようやく収まろうとしていた。

しかし、その代わりなのか、皇后に出された月餅の中に陶器の欠片が入っていたという事件が起こり、後宮内はまたぴりぴりしている。

「しばらくはあまり後宮へ行かないように、と陛下に言われてしまったわ」

後宮の管理人である皇后の莉杏が、こんなときに後宮を離れてもいいのだろうかと悩んでしまう。けれども、莉杏になにかあれば、責任をとる人が必要になるので、なにも言えなくなってしまった。

「安全な場所にいることも、女官や宮女のためになるのね」

今の莉杏にできるのは、お手紙箱に入っていた手紙を読むことと、皇后の勉強を暁月の部屋ですることだ。

とりあえず、女官長とお手紙箱を開け、入っている手紙を取り出し、すぐに後宮を出た。

莉杏の手には、女官からの手紙と、それから小さな手紙がもう一つ。

「宮女の間で、お手紙箱が噂になったのかしら」

まずは女官からの手紙に眼を通す。

「えぇっと、『幽霊騒動が落ち着いて本当にほっとしました』」

手紙には、古井戸を埋めた暁月と、光る壁画を発見した莉杏と、それから魔除けのお札を贈ってくれた明煌へのお礼が書かれていた。

「『茘枝城で開かれる収穫祭が楽しみです。皆、皇后陛下のつきそいをしたくて、張りきっています』……。収穫祭は、秋の実りを朱雀神獣に感謝する儀式のことよね」

午前中は、収穫できたものを朱雀神獣廟に捧げ、感謝の言葉を述べる。

午後になると、皇族や官吏、その身内、そしてくじで選ばれた民が、茘枝城内で秋の実りを祝う遊びを楽しむのだ。

そして夜になれば、茘枝城で盛大な宴が行われる。

「本来なら次の日に後宮でも似たような遊びや宴をするけれど、お妃さまがわたくしだけだから、いつものようにしないはず」

だから女官は、莉杏のつきそいとして茘枝城での収穫祭を楽しみたいのだろう。

「みんなで出席できないかを陛下に相談してみましょう」

全員が無理ならば、午前と午後と夜で交代させるという方法もあるはずだ。

「最近、お手紙箱の正しい使い方ができている気がするわ……！」

お手紙箱にはまだまだ課題がたくさんあるけれど、女官の声をこうして拾うことができれば、莉杏にもなにかできるときがある。

「次はこっそり入っていた小さな手紙ね。……読みにくいけれど、なんとか読めそう」

書き慣れていないというような雰囲気の字を、莉杏はゆっくり読んでいく。

「『命、狙われてます　毒蜘蛛　気をつけて』。……命？」

文字を書き慣れない人の文章を、そのまま受け取ってしまっていいのだろうか。

後宮で働く人が毒蜘蛛についての警告を発したいのなら、『毒蜘蛛を見たけれど、まだ見つかっていない』か『毒蜘蛛を見たけれど、信じてもらえなかった』という内容になるはずだ。

「毒のある虫に刺されたときは、痛くてかゆくてしばらく大変だったわ」

毒蜘蛛にも種類があって、痛くてかゆいで終わるものもあれば、命が危くなるような毒もある。

「危険な毒蜘蛛を見たのかも。後宮にいるときは、虫除けの香を焚いてもらいましょう」

莉杏は手紙での警告をありがたく受け止めたあと、書の練習を始めた。

書の先生である明煌に習った通り、文章の意味を考え、書いた人の気持ちを考え、気持ちが伝わるように書いてみたけれど、それがとても難しい。

「蛍の美しさを表現した詩歌を、書庫で探してみようかな」

暁月と見た蛍は、本当に素晴らしかった。

きっと今なら、詩歌を書いた人の気持ちになって字を書けるはずだ。

莉杏は書庫に行き、目的のものを見つける。早速手本にしようと喜び、うきうきしながら部屋に戻ると、途中で吏部尚書に会った。

「皇后陛下、ご機嫌麗しゅう存じます」

吏部尚書はにこにこと挨拶をしたあと、一緒に歩いていた男の子の背を手で押す。

「喜昭皇子殿下、皇后陛下にご挨拶をしなさい」

吏部尚書の娘と先々皇帝との間に生まれた皇子である喜昭は、暁月の異母弟である。道教院に入った娘の代わりに、吏部尚書が十歳の喜昭の面倒を見ているのだろう。ときどきこうして暁月に挨拶をさせて顔を覚えてもらい、いずれは皇族として立派に独り立ちできるようにしているのだ。

「皇后陛下、ご機嫌麗しゅう存じます」

「喜昭皇子もお元気そうでよかったです」

莉杏にとって義理の弟である喜昭とにこやかに挨拶をし、それではと立ち去ろうとしたのだが、吏部尚書が莉杏の手に抱えられている書簡に興味を示した。

「その書簡は……」

「この間、陛下に見せていただいた蛍がとても美しかったので、蛍の美しさを讃えた詩歌を書のお手本にしようと思って借りてきたのです」

莉杏が答えると、吏部尚書は大げさに頷いた。

「さすがは皇后陛下でございます。喜昭皇子殿下には、皇后陛下のご立派な姿を見習っていただきたく、……ああ！　もしよろしければ、皇后陛下の書の勉強に喜昭皇子殿下をご一緒させていただくことはできませんか？」

とんでもなく唐突なお願いをされた莉杏は、ちらりと喜昭を見る。喜昭は人見知りなのか、黙っていた。

（もしも人見知りを治したいということであれば、引き受けるべきよね）

莉杏と一緒に学ばせたがる理由なんて、そのぐらいしか思い浮かばない。年の近い姉という役割か、友だちという役割か、どちらかを求められているのだろう。

「わかりました。陛下にご相談してみますね」

「よろしくお願いします。喜昭皇子殿下は皇后陛下と年が近いですし、仲よくしていただけると嬉しいです」

莉杏は吏部尚書たちと別れたあと、部屋で書の練習を再開した。

書の練習が終われば、海成による算術の時間だ。

国の予算の話と、金の流れ方と、帳簿の見方とその計算という難しい話になんとかついていく。

頭をずっと使う時間が終わったとき、卓の端にあった書の練習の紙を海成が見つけた。

「皇太子殿下と仲よくなさっているんですか？」

明煌の美しい字を、海成は知っているようだ。流石である。

「陛下に明煌から書を習うようにと言われて、ときどき指導を受けているのです」

「ああ、そういう……。まぁ、そのぐらいの距離の方がいいでしょうね」

海成は、暁月の意図をすぐに理解したらしい。さすがは未来の宰相と言われている文官だ。

「その皇太子殿下について、なにやら上の人たちが揉めていましたよ」

「えっ、明煌がなにかしたのですか？」

「なにもしないから揉めているんですよね。とりあえずの皇太子とはいえ、もっと相応しい者がいるだろう、と」

もっと相応しい皇太子とは誰なのかを、莉杏は考えてみる。

先々皇帝の皇子は多い。そして、先の皇帝にも皇子がいる。その中で最も皇帝に近かった堯佑は牢の中にいるので、次は……。

「……相応しい人が思い浮かびません」

「そうなんです。誰でも同じでしょうけれど、権力を握りたい者にとっては違うんですよね。とりあえず今の皇太子殿下を廃太子にしろと、とりあえずみんなで騒いでいます」

とりあえずが多くて、莉杏の頭は混乱してきた。

「それで昼間、喜昭皇子が茘枝城にきていたのですね」

「吏部尚書が後ろ盾の喜昭皇子殿下ですか。きっと陛下への売りこみでしょう」

莉杏は「危なかった……」と胸を撫で下ろす。

吏部尚書からの『仲よく』には、しっかりと裏があったのだ。

今夜、暁月にこれからのことを相談しよう。おそらく今は頼まれごとを気軽に引き受けてはいけないときだ。


「莉杏！　後宮の女官を二人貸せ……って、あんた、きてたのか」

暁月が突然扉を開け放ち、いきなり要求をくちにした。

海成は驚きつつも、自分は邪魔になると判断して部屋を出て行こうとするが、暁月に引き留められる。

「ちょうどいい。あんたも話を聞いていけ」

「……嫌な予感がするんですよね」

暁月は、海成の呟きを無視して椅子に座った。

「今度、収穫祭が行われる。そのときの余興として、東方と西方に分かれて、……なんだっけ、そうそう、詩歌と楽と刺繍と書で競い合うことになった」

毎年、収穫祭では、曲水の宴や管弦の催しや闘茶の会が開かれ、盛大に盛り上がる。

そのことは莉杏も海成も知っていたけれど、海成は莉杏とは違う反応を見せた。

「東方って……ああ、そういうことですか。皇太子争いをするんですね」

莉杏はまだ意味がよくわからなくて、必死に考える。

「皇太子の宮は、皇帝の宮の東側にある。東方っていうのは、皇太子のことだ」

暁月の説明のおかげで、莉杏はようやく色々なことを繋げることができた。

「明煌も宴に参加するのですか？」

「そう。東方の主役だよ。西方が喜昭だ」

収穫祭で、自分の方が皇太子に相応しいことを主張し合う遊びをするのだと、莉杏もやっと理解できた。

「ですが明煌は……」

「明煌に派閥をつくる気はないし、皇太子としての資格なんてどうでもいいと思っていることは、おれにだってわかっている」

しかし暁月は、自分にとって都合のいい明煌を皇太子にしておかなければならない。

「明煌の代わりに、おれたちが色々動いて、東方を勝たせる。負けた方はしばらくおとなしくしてくれるだろうよ。しばらくだけどな」

「東方が勝てなかったらどうするんですか？」

海成の質問に、暁月は鼻で笑う。

「おれが勝敗を決めるんだよ。皇帝の決定に逆らえるやつがいるものか」

「おおっと、勝つことは決定ですか。なるほど、いい勝負にさえしてしまえば大丈夫だと。割とゆるい条件で安心しました」

海成は穏やかに微笑んだあと、それではと立ち去ろうとした。

暁月は海成の袖を素早く摑み、にやりと笑う。

「あんたは東方だ。詩歌を詠め」

海成は途中からなんとなくこの展開を予想できていたのだろう。袖が伸びてもいいという強い意志でひっぱり返す。

「いえいえ、そんな、俺ではいい勝負になるはずがありません。詩歌なんてとても」

「皇帝命令だ。やれ」

「……あのですねぇ、俺は吏部侍郎で、俺の上司は吏部尚書なんです」

「はぁ？　あんたの上司の上司はおれだろうが」

どっちつかずでいたかった海成は、喉の奥で呻いた。

「恨みますよ……」

「あんたなら上手く世渡りできるだろ。新年の賄賂は弾んでやれ」

「皇帝が賄賂の推奨をしないでください。……ああもう、なにを贈ろう」

海成と暁月の間で話がまとまった。次は莉杏だ。

「わたくしは、東方を勝たせるための女官を選べばいいのですね」

「そう。明煌はこの間、後宮に魔除けの札を贈ったり、教典の読誦をしに行ったりした。その恩返しとして、女官が明煌側につくのは自然だろうしな」

明煌にやる気がまったくなくても、主役は明煌である。

あまりにも明煌に無関係な者ばかりを集めてしまうと、皇帝のおかげで勝てただけと言われ、それはそれで狙った効果が得られない。

「明煌が書を担当するのなら、女官は楽と刺繍ですね。女官長に相談してみます」

莉杏は、結果が決まっている華やかな皇太子争いを楽しんだあと、負けた西方に皇后からの褒美を渡し、一方的な負けにしないようにするという仕事を与えられた。


莉杏が暁月に「女官をみんな収穫祭に連れて行きたい」と頼めば、あっさり許可をもらえた。

皇太子にお世話になったから女官全員で応援に行くという形にしておけば、女官が皇太子争いの遊びに東方で参加していても自然に見える、ということらしい。

莉杏は早速後宮に行き、女官長に事情を話し、楽と刺繍で参加する女官を誰にするかと

いう相談を始めた。

「楽は古琴の名手、欧宝晶にお願いしましょう」

宝晶は、先々皇帝のときに妓女として後宮に入ってきて、今は若い女官たちに自分の技術を教えている人だ。

指導者という立場になっても、宝晶はまだ二十九歳である。自分の古琴の技術を高めるために、日々努力している最中だ。

「宝晶は女官候補たちの楽の指導もしていましたね」

「はい。この後宮に入ってから、他の楽器も積極的に習い、どれも素晴らしい音色を奏でるようになりました」

皇帝が代替わりをするとき、女官のほとんどを入れ替える。

宝晶がその入れ替えの対象にならず、二度も後宮に残ることが決まったのは、宝晶の腕前があまりにも素晴らしかったからだろう。

「刺繍はどうしましょうか。わたくしに刺繍を教えてくれているのは漣桃ですけれど、漣桃にお任せしますか？」

莉杏の指導を任されている漣桃は、おそらく後宮内で刺繍が一番上手い。

しかし、女官長はなぜか悩み始めた。

「漣桃の刺繍の技術は高く、それを皆に教えることも上手です。ただの作品発表の場であれば、漣桃に任せるべきでしょう。しかし、今回は皇太子殿下に勝っていただく勝負ですので……」

女官長は、どんな場面での刺繍なのかもしっかり考えている。

「遊びとはいえ、皇太子の座を争う勝負であれば、求められるものは若々しさです」

「……漣桃も若いですよね？」

見た目が問題ということであれば、漣桃よりも宝晶の方が年上だ。

「今の刺繍の流行は、両面刺繍でございます。髪の毛よりも細い絹糸を使い、繊細な図案を滑らかな感触に仕上げることが求められております」

時間をかけた美しい刺繍で彩られている服を着ることは、権力の象徴でもある。

そして、その美しい刺繍をする時間があることや、その教育を受けられることも権力の象徴の一つとなり、権力者の妻や娘の教養になっていた。

莉杏も、両面刺繍を習っている。まだ小さくて簡単なものしかできないけれど、いつかは暁月に刺繍入りの手巾を渡したいという野望をもっている。

「両面刺繍の技術に関しては、伍彩可が一番優れています。彩可は元々、絵画の才能もあるのでしょう。そもそもの図案に本物かと思うような瑞々しさがあります」

皇太子争いに勝ちたいのなら、彩可に任せるべきだ。

しかし、彩可は女官試験で不正をしたばかりで、厳しい指導を受けている最中である。

品を見てみたい。

（女官長はそれで悩んでしまったのね）

莉杏は、そろそろ彩可たちに先輩女官と打ち解ける機会を与えてもいいと思っていた。

「彩可に任せてみませんか？　皆の心の中にいつまでも『不正をした女官』という印象を残すのはよくありません。わたくしは、彩可の本物の努力を今度こそ見てみたいです」

不正によってやり直しをさせられた刺繍作品ではなく、栄誉という輝きを求めた刺繍作品を見てみたい。

莉杏の決断に、女官長はしっかりと頷いた。

「承知いたしました。彩可に汚名返上の機会を与えてくださったこと、感謝いたします」

女官長もまた、新人女官に対して「そろそろ……」という気持ちがあったのだろう。

彩可を皆で後押しすることを約束した。

「これでわたくしにできることはなくなってしまったわ」

莉杏は後宮を出たあと、指を折ってやるべきことを確認していく。

今回は闘茶を申しこまれるような事態にはならなかったので、莉杏は皇后として、みんなを見守るだけでいい。

（わたくしは明煌の応援をしたいけれど、明煌の味方ばかりをしていても駄目なのよね。あくまでも今回は、『後宮の女官が明煌を応援する』というだけだから）

暁月はいつも力関係を考えて色々な配慮をしているし、海成は上司と暁月の板ばさみになりながらもなんとかしている。二人とも、本当にすごい人だ。

「……でしたら、判者を変えたらいかがですか？」


莉杏が庭に面した回廊を歩いていると、明煌の声が聞こえてきた。

その声は明煌にしては穏やかさがなかったので、ちょっと驚いてしまう。

（誰と話をしているのかしら）

莉杏はなんとなく足音を立てないようにして近づいていった。

「いやいや、さすがは皇太子殿下です」

明煌の会話の相手は、吏部尚書だ。自分の孫の喜昭を皇太子にしたい吏部尚書にとって、現在の皇太子である明煌は、敵対関係にあるといってもいいだろう。

（この二人が一緒にいても大丈夫なの……？）

明煌が嫌みを言われているだけならいいけれど、『判者』という言葉が気になる。

（判者というのは、収穫祭で行われる皇太子争いの遊びの判者のことよね？）

判者が暁月だから、絶対に皇太子側を勝たせることができる。今回はいい勝負をするだけでよかったはずだ。

（吏部尚書はどうにかして判者を別の人にしたいわよね。……って、まさか⁉）

莉杏が飛び出そうとしたとき、吏部尚書が大きな声で喜んだ。

「ご英断ですな。互いに納得できる方を判者にしましょう」

莉杏が急いで庭に出ると、そこには吏部の偉い人たちが集まっていた。勿論、海成もだ。

（うう、ここまで証人がいるとなると……）

まさかの事態である。莉杏は海成をちらりと見た。

海成の顔に『どうしようもなかった……』という言い訳が書かれているような気がしたのは、きっと気のせいではない。

「皇后陛下ではありませんか！　これはこれは、ご機嫌麗しく存じます。ちょうど今、皇太子殿下から素晴らしいご提案を頂きまして……」

吏部尚書はにこにこと笑いながら、皇帝に決まっていた判者を別の人に変えるという報告をしてくれた。


「――あんた、阿呆だったのか」

暁月は、皇太子の宮に入ってすぐ、明煌に冷たい声を放った。暁月にとっての明煌は年上の従兄だけれど、年齢差を気にするような性格ではない。

「申し訳ありませんでした……」

明煌が謝罪すると、暁月は明煌の椅子に許可なく座る。

「おれが絶対に勝たせてやろうとしていたのに、その配慮を全力で投げ捨てるなんて、よくできるよなぁ。おれの言うことに従うだけでいいというのは、おれの言うことに絶対従えということだよ。はい、復唱」

「……皇帝陛下の言うことに従うだけでいいというのは、皇帝陛下の言うことに絶対従えということです」

明煌が生真面目（きまじめ）に復唱するので、もっと嫌みを言ってやろうという気持ちが、暁月からなくなってしまった。

「あんたって『どんな暴言もご自由に』なやつだと思っていたんだけれどねぇ。おれの見込み違いなわけ？」

「自分への暴言はいくらでも耐（た）えられます。母への暴言もです。ですが……」

明煌は、一度深呼吸をする。

「その、皇后陛下を、……」

「はぁ？　皇后がなんだって？」

「……軽（かろ）んじられるのは、我慢（がまん）できませんでした」

少し前の明煌にとっての莉杏（りあん）は、十三歳で皇后になった少女でしかなかった。

蕗家の出身と聞いたときに、蕗家がわからなくて首をかしげなければならなかったので、おそらく大きな家の生まれではないはずだ。それでも莉杏が皇后になれたのは、暁月にとって都合のいい相手だったからだろう。

(まだ十三歳なのに、家の都合で皇后にされた。気の毒だ)

明煌は、ほんの少しだけ莉杏に同情した。でも、それだけだ。

莉杏への認識が変わったのは、莉杏から後宮に幽霊が出るという話をされ、そのために魔除けの札をつくってくれないかと頼まれたときである。

なぜか莉杏は、明煌が自らお札をつくったという形にしたがった。

――やはりこれは皇后陛下のお気遣いにすべきだと思います。私は幽霊騒動の話を聞いたとしても、なにもしなかったでしょうから。

明煌が戸惑えば、莉杏は大人びた表情で少しだけ説明してくれた。

――後宮内も、色々なことがあるのです。

明煌は莉杏の表情と言葉が気になり、魔除けの札を取りにきた女性武官に、詳しい話を聞いてみる。

「女官長は、新入り女官の教育のことで自信をなくしていました。そんな中での幽霊騒動だったのですが、女官長は『幼い皇后陛下のお心を痛めたくはない』という理由で隠しているのです。女官長が必死に隠している幽霊騒動のことを皇后陛下が知ってしまったら、女官長はさらに自信をなくしてしまうかもしれない……とお考えになったのでしょう。皇后陛下は、人の心をとても気遣うお方ですから」

莉杏はまだ十三歳で、自分のことだけを考えていても許される年齢だ。

それなのに、年上の女官長の矜持というものを考え、それを大事にしようとするなんて、なんという素晴らしい心のもち主だろうか。

だからこそ、『年若い皇后陛下では、皇太子教育を充分にできていないでしょう。皇太子はすぐに皇帝陛下を頼ってしまうのもしかたない』と吏部尚書から言われたとき、かっとなってしまい、相手にとって都合のいい言葉を吐いてしまったのだ。

（吏部尚書に自分のことを悪く言われても、母を悪く言われても、皇帝陛下を悪く言われても、なにも思わなかったのに……）

吏部尚書のあの手この手をかわし続けていたけれど、最後の最後で失敗してしまった。

「……あんたさぁ、いや、なんていうか、……言葉に困るんだけど」

暁月は、いつのまにか呆れた顔になっている。

「本当に申し訳ございません。言葉に困るほどの失態を見せてしまいました」

「そこじゃなくてさ。……まぁ、いいや。収穫祭の勝負だけれど、判者は公平なやつを選ぶしかなくなった。あんたは責任をとって、本気でやれ。書の勝負なら勝てるだろ」

「はい。全力を尽くします」

暁月はそう言いながらも、心の中で焦っていた。

明煌が幼い莉杏を立派だと思い、情がわいてくれたことは嬉しい誤算だ。しかし、遊びの勝敗はこれでまったくわからなくなってしまった。


夜、莉杏は寝台を暖めながら暁月を待っていた。

暁月は手に数枚の紙をもったまま寝室に入ってきて、寝台に座る。

「陛下、お帰りなさいませ。それはお手紙ですか？」

「これは海成作の詩歌。どれがいいだろうって相談を受けたんだよ」

見てもいいと暁月が言ったので、莉杏は整った字が並んでいる詩歌を読んだ。

「海成はすごいです！　その海成に頼られる陛下も格好いいです！」

「おれの文句が世界一だから、添削よろしくってことだよ。嫌みだって、これは」

そう言いつつも、暁月の瞳は真剣に詩歌を見ている。

「海成の詩歌集の完成が楽しみですね」

莉杏が笑えば、暁月は「違う」とあっさり答えた。

「これは収穫祭のときに披露する詩歌だよ」

「……ええ⁉　今から考えるのですか⁉」

収穫祭で行われる皇太子争いの遊びでは、当日に判者から歌題が出され、お題にそった詩歌をその場でつくって発表することになっていたはずだ。楽も歌題にそった曲を弾くし、書も同じのはずである。

刺繍は当日のみでつくり上げることが無理なので、今からつくり始め、完成した作品をもっていくことになっていた。

「歌題っていっても、時季を完全に無視したものにはならないんだよ。秋とか、実りとか、紅葉だとか、収穫祭に関係しているものになる。だからそれらしい詩歌を何種類も用意しておいて、今考えましたって顔で披露するんだ」

「そうだったのですね」

莉杏は、既に戦いが始まっていることを知り、興奮してくる。

宝晶はどんな歌題にでも応えられるように難しい曲をたくさん練習しているのだろうし、彩可は刺繍の図案を考えている最中のはずだ。

「喜昭はおそらく詩歌で出てくる。誰かにつくってもらった詩歌を詠めばいいだけだからな。その辺りを海成が上手く利用できたら、詩歌は勝てるはずだ。明煌も多分勝てるだろ」

その二つを押さえたら、二勝二敗にもちこむことはできる。

「楽に関しては判者の好みに左右されるだろうし、刺繍はまともにやったら負ける」

暁月の言葉に、莉杏は驚いた。

「彩可の刺繍は見事です。それでも負けてしまうのですか？」

「あっちは、表に出していない大きくて見事な刺繍作品をもってきて、期間内に私がつくりましたって顔をするつもりだろう。今からだと大きな刺繍はつくれないからな。対抗したいのなら、同じことをするしかない」

「そんな……！」

勝負といいつつも、まともな勝負は書と楽だけだ。

華やかな遊びの裏側を見せられて、莉杏は物語と現実の違いにがっかりしてしまう。

「三勝一敗ならいいんだ。二勝二敗なら……」

「総合的にどちらがよかったのかを判者が決めるのですよね」

「そう。判者だって、海成のようにどちらにもいい顔をしたいさ。できるだけ二勝二敗のいい勝負にしたいだろうよ。……勝つための最後の一押しがほしいな」

暁月は寝台に寝転んで、どうするかなと考え始める。

莉杏は暁月の上に乗り、眼を輝かせた。

「わたくしも、最後の一押しができるようにがんばります！」

「あんたががんばってどうするんだよ」

「そうでした！　こっそりがんばります！　まずは宝晶と彩可においしいお菓子を渡して、応援の気持ちを示しますね！」

「……まあ、勝利は小さいことの積み重ねだしな」

そうしてくれ、と暁月は疲れた声で呟く。

「陛下は今、お仕事が大変なのですか？　お疲れのようですが……」

「皇帝って仕事は、いつも大変なんだ。堯佑以外にも、赤奏国の政の中心になろうとしているやつはいくらでもいる」

暁月はこんなにもがんばっているのに、戦わずに国を豊かにしようとしているのに、それでもまだ認めない人がたくさんいる。いつになったら暁月の努力が報われるのだろうか。

「堯佑が一番の大物だったから、いなくなって楽になったけれど、面倒にもなったな。おれを殺して皇帝位を奪いたいやつ、皇太子を殺すか廃太子にして自分の縁者を新しい皇太子にしたいやつ、皇后を殺して自分の娘を皇后にしたいやつ、それ以外のやつもいる。堯佑がいなくなったから、反皇帝派の最終目標がまとまらなくて、ばらばらの計画が中途半端に進められているってわけ」

「吏部尚書は『明煌を廃太子にして、自分の孫を新しい皇太子にしたい』のですね」

「そう。あんたも気をつけろよ。あんたを皇后の座から引きずり下ろしたいやつも絶対にいる。礼部尚書とかな」

「はい！」

皆の最終目標がそれぞれ違うということは、暁月の味方になってくれる人もいるということだ。そしてその人もまた、自分の目的のために、暁月の敵になることもある。

（陛下は、誰が味方で誰が敵なのか、毎日考えなくてはならないのね）

後宮物語にも、敵味方が入れ替わるような愛憎劇を主題にしているものがあった。

（これからのために読み返しておきましょう！）

皇太子争いに勝つための『最後の一押し』と、政の権力闘争に備えること。

新たな課題について考えていると、すぐに眠くなってしまった。

莉杏の寝付きはいい。けれども、暁月はそこまでもない。

暁月は、莉杏の寝顔を眺めるという、人生で一番平和な時間を味わっていた。

「……皇后陛下を軽んじられることは我慢できなかった、か」

明煌の言葉を思い出し、暁月はどんな顔をしたらいいのかを迷ってしまう。

「二十六歳が十三歳になにか思うことってないよな……？」

明煌と似たような年齢の海成は、莉杏と親しくしているけれど、そこに男女という意識はない。海成はどう見ても、親戚の女の子を可愛がるような気持ちしかもっていなかった。

「明煌はおれの従兄だから、明煌からしたら莉杏は従弟の嫁なんだよなぁ。海成よりよほどしっかりした親戚関係のはずだ」

とはいっても、最近になって互いを認識した仲である。莉杏と明煌はほとんど他人だ。

——それなのに、短期間であそこまで入れこめるものなのだろうか。

「あ〜！　こんなことを考えていることにも苛つく！」

暁月は思わず声を上げてしまった。

慌てて口を閉じ、隣で寝ている莉杏が目を覚ましていないかを確認し、ほっとする。

「あいつは『徳の高い道士』だから、十三歳で皇后をやっている莉杏が健気で立派に見えたんだよ」

そういうことにしておこう、と暁月は莉杏を抱きこむ。

心の中がもやもやしていても、莉杏の愛を疑うことだけはなぜかなくて、自分でもとても不思議だった。

次の日、莉杏はおいしい菓子をもって後宮に向かった。

宝晶と彩可に直接会って渡せば、励ますを越えて重すぎる期待になるかもしれない。

その心配から、女官長に「気軽に受けとれるように渡してほしい」ということを告げ、菓子を託しておく。

「皇后陛下は、東方と西方のどちらの応援をしますか？」

女官長は、莉杏の菓子を自らの手で莉杏にも用意してくれた。

陶器の欠片が混入するという事件があったので、本来ならば女官長の仕事ではないけれど、わざわざ莉杏のためにしてくれたのだ。

「皇太子の明煌も、皇子の喜昭も、陛下のご家族です。わたくしはどちらの応援もしているのですけれど、女官の応援もしているので、東方よりになりそうです。皆さんには内緒にしておいてくださいね」

莉杏の模範解答に、女官長はにこやかに頷く。

（本当は完全に東方の応援をしたいのだけれど……。でも、わたくしが明煌と仲よくしすぎても駄目だもの）

今は、女官の応援という形で、明煌の応援をするしかない。

「わたくしは、東方が勝てるように『最後の一押し』ができたらいいなと思っているのです。女官長は、このような遊びに参加したことがありますか？」

後宮の様々な行事や宴では、芸術を競い合う遊びもよく行われている。きっとなにか為になる話をしてくれるはずだ。

「後宮内での小さな遊びでしたら、参加者になったことも、判者を引き受けたこともございます。私は参加者になったときよりも、判者を頼まれたときの方が緊張(きんちょう)しましたね。事前に色々な勉強をしておきました」

「勉強……！」

莉杏は、言われるまでそのことを思いつかなかった。

たしかに、判者に選ばれた人は、芸術に詳しい文化人であると認められたことになるので、名誉(めいよ)に見合った判定をしなければならない。

「わたくし、判者の経験がないのでわからなかったのですが、判者には判者の悩みがきっとたくさんあるのですね」

暁月(あかつき)が収穫祭の遊びの判者をすると言ったとき、そうなのかと思うだけでは駄目なのだ。

「折角(せっかく)ですから、この後宮で今から判者をやってみてはいかがですか？」

「……わたくしが判者を？」

「はい。三対三の……楽と書とお茶で、東方と西方に分かれて遊びましょう。宴では本格的なものになりますが、今日は準備なしの身内の遊びですので、皇后陛下も判者の練習のつもりでまずは楽しんでくださいませ」

後宮の妃が増えたら、宴もするようになるし、皇后の莉杏が判者を引き受けることもある。そうなる前に経験してみないかという女官長の提案に、莉杏はわくわくしてきた。

「やってみたいです！」

「それでは準備をしますね」

女官長が女官に声をかけに行き、いい勝負になるように女官を割り振る。

勝った側は皇后の差し入れの菓子がもらえることにして、ほどよいやる気を与えた。

謁見の間で、莉杏は皇后の椅子に座り、左右に分かれて座る女官たちを眺める。

「あ……、西方は皆、白い花の歩揺をつけているのですね」

莉杏の言葉に、傍で控えている女官長が微笑む。

「二つに分かれて競い合うような遊びでは、衣装や髪形を揃えておくことも多いです。判者に『やる気』を見せているのですよ」

「女官試験の推薦状と同じですね！」

女官試験の推薦状は、金を払って綺麗な字を書く人に代筆してもらうことも多い。これは、金をかけるほど本気で取り組んでいますよと主張したいのだ。

（勝負はもう始まっているのね！）

後宮での本気の勝負は、それはもう華やかで美しいものになるだろう。

流行を取り入れ、衣装から髪形まで揃え、見た目も内容も相手方に勝るように工夫をこらすはずだ。

「それでは、まずは楽を。東方からお願いします」

女官長は、莉杏のために解説をつけ加えながら、遊びを進行させていく。

判者の莉杏は、どちらがより素晴らしいのかを、必死に考えた。

（好みを入れずに判断するのは、とても難しい……！）

それでも勝敗をつけなければならないので、不安になりながらも選ぶ。この不安を見せては駄目だということなら、莉杏にもわかる。判者に自信をもって勝敗をつけられることで、負けた側は「しかたない」と思えるのだ。

（わたくしが迷いすぎたら、負けた側に未練が残ってしまうもの）

判者を引き受けたら勉強する、と言っていた女官長の言葉の重みが、実際にやってみるとよくわかった。

（楽は東方、書は西方。残るはお茶だけね）

ここまでは一勝一敗で、いい勝負だ。最後の茶の判定で、勝者が決まる。

（う〜ん、悩んでしまう……！）

今回は、入れてもらった二つの茶を飲み比べ、好きな茶を選べばいいだけだ。

女官は莉杏の好みをよく知っているので、どちらの女官もそれに合わせた茶を選び、莉杏の好みになるように入れてくれた。

だからこそ——……決め手に欠ける。

（どちらにしようかしら）

東方を見て、西方を見て、莉杏は眼に見える明らかな違いを改めて意識させられた。

どちらも同じぐらい優れているのなら、とっさにみんなで白い花の歩揺をつけてきた西方を勝たせたくなってしまったのだ。

「お茶は西方に」

莉杏の判定を聞いて、二勝一敗になった西方は喜んだ。

「どちらもおいしいお茶だったので、迷ってしまいました。なので、白い花の歩揺で揃えてきた西方の想いを評価に加えたのです」

莉杏は、実質は引き分けだけれど、熱意の差で西方が勝ったのだと説明する。

東方の女官は、赤い花の歩揺で揃えていたら勝てたわねと、笑いながら反省していた。

（……わたくしは『最後の一押し』ができるかもしれない）

これだ！　と莉杏の眼が輝く。まずは海成に……いや、みんなに相談だ。


莉杏は皇太子の宮に『偶然』という細工をして、東方の人を揃えた。

宝晶は皇帝からお褒めの言葉をもらったこともある女官なので、皇太子の宮にきても堂々としている。

海成もまた、内乱時には皇帝の補佐として腕を振るっていたし、今は吏部侍郎として偉い人にいつも囲まれているので、皇太子の眼の前にいてもいつも通りの顔だ。

唯一、彩可だけはとても緊張していて、宝晶のうしろで表情を硬くしていた。

「収穫祭の遊びの判者は、荘有文にお任せすることになりそうです。おそらく、双方への配慮から二勝二敗になるだろうと、陛下はおっしゃっていました」

莉杏は、有文がどんな人なのかを思い出す。

有文は、桃花の宴で行われた闘茶の審判を務めた文官だ。

詩歌や書に優れ、茶を趣味にしている文化人で、最終的にはより優れた方を勝者にするだろう。

「二勝二敗のいい勝負になってしまったとき、東方を勝たせる『最後の一押し』になるものを、わたくしなりに考えてみました。皆さんの意見を聞かせてください」

莉杏は、用意してきた『最後の一押し』の説明をする。

全員が、そんなことをするのかと驚いたあと、たしかにその方法ならば判者の有文に『東方が一歩秀でている』と思わせられそうだと感心してくれた。

「問題は歌題ですね。……というか、問題は俺ですね」

海成は、莉杏の案をすぐに理解し、自分さえどうにかできれば、他の人はそれに合わせるだけでいいと気づく。

「いや、えっと……、わかりました。少し時間を……は、もう駄目か。刺繍は早く進めておかないといけないので……」

決断を迫られた海成は、覚悟を決めた。

「伍彩可でしたか？　貴女は赤く染まった楓の葉の色が美しい山の刺繡をしてください」

「はっ、はい！　わかりました！」

海成は彩可に細かい指示を出す。明煌は、海成の言葉を紙に書いていた。あとで彩可に渡してあげるのだろう。

「宝晶は……秋の夜の曲を」

「『夢長夜』という曲がございます。秋の夜長に見る夢を楽しむ美しい調べですわ。もしくは、日が暮れて夜になる様子を曲にした『暮砧』なら、おそらく歌題にそえるかと」

宝晶は、難易度の高い美しい調べの中から、海成が求めるものを選んだ。

「皇太子殿下は食事を炊く煙です」

「わかりました。墨の濃淡でその様子を表現しましょう」

明煌もすぐに自分のすべきことを理解し、どのように表現するのかも迷わず決めた。

「皇后陛下。ご期待にそえるよう、我々は全力を尽くします」

海成の頼もしい言葉と、明煌、宝晶、彩可の頷きに、莉杏は満面の笑みで応える。

「楽しみにしていますね」

莉杏にできることは、本当にここまでだ。あとはひたすら待つだけである。

収穫祭での儀式の練習をして、勉強にも励む。

莉杏は穏やかな日々を過ごしながらも、一つ気になっていることがあった。

「冷めてもおいしいお茶を入れてもらえますか？　それからそのお茶に合うお菓子も。二人分お願いします」

夜、莉杏は女官に茶の支度をお願いしたあと、女官の仕事部屋に向かう。

裁縫道具や布がしまわれている尚服の仕事部屋には、まだ明かりがついていた。

（静かに、静かに……と）

莉杏は足音を立てないよう、そっと部屋の中に入る。

部屋の端には、刺繍をしている彩可がいた。莉杏がいることにも気づけないほど、熱心に取り組んでいるようだ。

（後宮へ入ったばかりなのに、『収穫祭で刺繍を披露するからつくれ』と言われてしまったら、かなりの重荷よね）

きっと彩可は、女官になる前の失態をこれで償いたいだろう。

しかし、無理のしすぎはよくない。

（……わぁ、すごい！　彩可の図案の通りに……ううん、図案よりも美しくなっている）

彩可は、ときどき手を止めて刺繍の出来を確認し、ほっとした表情になったあと、嬉しそうな顔でまた針を動かし始めた。

（……刺繍がとても好きなのね）

彩可と話をしたのは、女官試験のときと、それから彩可を連れて皇太子の宮に行ったときだけだ。今はまだ、彩可がどんな人なのか、まったくわからない。けれど、刺繍が好きだということはわかった。

「疲れたわね……」

針山に針を刺した彩可が、独り言を呟く。両手を上に伸ばしたところで、ようやく視界の端の人影に気づいた。

「……っ、え？　こ、皇后陛下……!?」

「少し休憩しませんか？　冷めてもおいしいお茶を入れてもらいました」

彩可は茶盆に載った茶器を見て、どうしたらいいのだろうかと慌て始める。

「場所を……！」

こんなところでは、と立ち上がる彩可に、莉杏は微笑みながら指示を出した。

「隣の卓をお借りしましょう」

仕事用の卓を傷つけるわけにはいかないので、莉杏は女官に用意してもらっていた布を広げる。そこに茶盆を置き、茶器を広げた。

「皇后陛下、私が……」

「大丈夫です。あとは本当に入れるだけですから」

茶瓶の中に茶葉は入っていない。彩可の集中がいつ切れるのかわからなかったので、入れた茶を茶瓶に移し替えてもらったのだ。

「どうぞ。折角の休憩ですから、楽にしてくださいね」

莉杏は彩可の前に飲杯を置く。

彩可はおそるおそる飲杯を手に取り、くちをつけた。

「……ありがとうございます」

彩可は、茶のさわやかな香りとすっきりとした甘みに、ほっと息を吐けたようだ。

「皇后陛下はお一人ですか？　あの、他の女官は……」

「隣の部屋で待たせています。みんなでここに押しかけてしまうと、彩可のお仕事の邪魔になるでしょうから」

彩可は、どんな返事をしたらいいのかわからないのだろう。

だからここは、莉杏が話しかけ、彩可は返事をするだけにしてやらなければならない。

「刺繍は進んでいますか？」

「……はい！」

「ここで見ているだけでも、素晴らしい刺繡であることがわかりました。彩可が楽しそうに刺繡をしていたので、安心することもできました」

嫌々やっているのであれば、他の人に手伝ってもらうという選択肢もある。

しかし、彩可が楽しくやっているのであれば、このまま任せたい。

「私は、……楽しそうでしたか……？」

驚いた顔になる彩可へ、莉杏は笑って頷く。

「刺繡がとても好きなんだと思いました。違いましたか？」

「……いえ、刺繡は好き……みたいです」

あれだけ得意なのに、自覚がなかったのだろうか。

莉杏は不思議な返事だと思ってしまう。

「今回はわたくしの無理を聞いてくれてありがとう。女官長には普段の仕事を減らすように頼んでおきましたが、大変ではありませんか？」

特別扱いをすべきではないけれど、今は特別なことを頼んでいる最中だ。彩可には配慮が必要である。

「女官長さまから、たくさんのご配慮を頂いております。海成さまや皇太子殿下の元へ、刺繡の図案や色の相談をしに行く許可も頂けました。先輩方からも、この刺繡は仕事のうちの一つだからしっかりやりなさいという応援を頂いております」

「それはよかったです。なにかあったら、わたくしに遠慮なく相談してくださいね」

莉杏は彩可を気遣いながらも、実際に彩可が自分を頼るのは難しいと思っている。もっと身近に優しい先輩女官がいるかどうかを、あとで確認しておこう。

「あの……皇后陛下、一つよろしいでしょうか」

しかし、彩可はおそるおそるくちを開いた。

莉杏は、頼りにされた！　と嬉しくなる。

「私のこの図案は……本当にこのままでも大丈夫でしょうか。私は地方で暮らしておりましたので、こちらの流行をあまり知らなくて……。皇后陛下は小さいころから首都でお暮らしだったと、書物で読んだことがあるのです」

首都暮らしの方の助言を頂きたい、と彩可は申し出た。

「わたくしもまだ色々なことを学んでいる最中なので、助言というものは難しいですが、彩可の刺繍の図案は本当に素晴らしいと思いますよ」

彩可は地方出身のため、田舎っぽさが出ているのではないかという不安を抱いているようだ。

流行の最先端である後宮にずっといる女官長も、茘枝城にずっと勤めている海成も、彩可の図案を褒めていた。莉杏はそのことを彩可に教え、安心させてやる。

「ありがとうございます。ほっとしました。……私は書物で、皇后陛下と皇帝陛下が小さいころからの顔見知りであったことも知りました。いつか、皇帝陛下と皇后陛下のこれまでの恋物語を刺繍にしてみたいと思っております」

「嬉しい！　完成したらわたくしに見せてくださいね！」

暁月がいかに素晴らしい皇帝であるかを民に広めるため、歌や劇、書物という形で、暁月を称えるものをたくさんつくっている。

勿論、皇帝夫婦の恋物語もある。しかし、出会って結婚しましただけでは物語にならないので、小さいころに会っていたというありもしない話がつけ加えられていた。

（物語のように、もっと早くに陛下とお逢いしたかった……！）

莉杏は、事実は事実、物語は物語という人間なので、創作がつまっている自分の恋物語をとても楽しんでいる。

「実はわたくし、陛下と小さいころからの知り合いではないのです」

「そうなのですか……!?」

「はい。でも、わたくしはずっと首都で暮らしていましたし、陛下は首都の翠家に行くこともあったはずですから、もしかするとすれ違っていたかもしれませんね」

そうであってほしいと莉杏は思っている。

互いに名前も知らないけれど実は会っていた、というのは、素敵すぎる過去だ。

「あまり彩可のお邪魔をしてはいけませんね。わたくしはそろそろ失礼します」

莉杏はそっと立ち上がり、彩可の気分転換になったことを祈る。

「女官があとで片付けにきますから、そのままにしておいてください。今は、刺繍に集中してくださいね」

「……はい！」

彩可のはっきりとした返事に、莉杏は心の中で「がんばって！」と励ました。


莉杏が去ったあと、彩可は再び刺繍に集中する。

針をせっせと動かしていると、足音が聞こえた気がして顔を上げた。

「ああ、片付けはこっちでやっておくから。気にしなくていいわよ」

新人にも優しくしてくれる先輩女官が、茶盆に飲杯や皿を載せている。

「すみません、先輩にこんなことを……」

「今は刺繍の方が大事だもの。その分、しっかりやってね」

「はい」

そうはいっても、せめてこのぐらいはと、自分の飲杯を茶盆に載せた。

「……皇后陛下は、とてもお優しい方でした」

彩可の言葉に、先輩女官は笑顔になった。

「でしょう。あのお年でもう立派な皇后陛下なの。女官として誇らしいわ」

仕えている人が立派であれば、自分も嬉しくなる。

彩可は先輩女官に「私もです」と同意する。

「ここにくる前に読んだ書物通りの、素晴らしい皇后陛下です。……でも、皇后陛下が皇帝陛下と知り合ったのは最近だと聞いて……」

「そうらしいわね。仲がとてもいいから、元々婚約者同士だと最初は思っていたわ」

赤奏国には、結婚をしていない者は即位できないという決まりがある。

皇子であれば、いつ即位しても大丈夫なように、生まれてすぐに婚約しておくことも珍しくない。

「皇帝陛下と皇后陛下はそんなに仲がよろしいのですか？　皇帝陛下が後宮にあまりいらっしゃらないので、よくわからなくて……」

「後宮にいらっしゃらないのが答えよ。皇后陛下をお守りするためとはいえ、皇后陛下はずっと皇帝陛下の部屋でお過ごしになっているし、皇帝陛下には他のお妃さまを迎える気がまったくないんだから」

「あ……！」

彩可はそういえばそうだと納得した。

莉杏があまりにも幼いからなにも思わなかったけれど、あと数年もしたらこの状況は明らかな『寵愛』だ。

「だから新しい皇太子殿下は、おそらく皇后陛下が皇子殿下を産むまでの……ね」

先輩女官ははっきりと言わなかったけれど、彩可には通じた。

「さ、がんばって」

「はい」

彩可は笑顔で頷き、針と糸をもつ。

先輩女官は茶盆をもち、部屋から出ていった。

「……ようやく一人だわ。とりあえず、餌をやらないと」

彩可はため息をついたあと、ろうそくをもち、作業部屋を離れる。竹筒を握ったまま庭に出て左右を確認し、灯りを頼りに虫を探した。

(特別な仕事に選ばれたおかげで、夜に一人でいることが自然になった。こうして庭に出ていても、気分転換だと言えば、怪しむ人はいない)

人目につかない回廊と回廊の間にこっそり行き、そこで虫を捕まえていたときは、本当に大変だった。

「まさか光る壁画があったなんて……。見つからなくて本当によかったわ」

もう虫を捕まえることにも慣れた。

竹筒に入れてふたをし、袖の中に隠して作業部屋に急いで戻る。

自分用の裁縫箱の底に隠した別の竹筒の中に虫を入れて、しっかりふたをした。

「まだ死なないでね」

彩可は竹筒の中で飼っている蜘蛛(くも)にそっと語りかける。

「……これから、どうしよう」

彩可は、刺繍で疲れた眼を閉じた。

「皇太子殿下は数年後、廃太子になる……か。元々この後宮に詳しい方でもないし、言いよる意味はもうないわね」

色々がんばったのだけれど、と呟いた。

「皇后陛下は優しい方みたいだから、今回の刺繍の仕事をやり遂(と)げれば、必ず私を気にかけるようになる」

莉杏の攻略(こうりゃく)はそう難しくない。しかし、……。

「皇后陛下は八年前、この後宮にいなかった。やはり皇帝陛下に近づかないと」

刺繍の仕事を立派に終わらせるだけでは駄目だ。

皇帝『暁月』に顔と名前を覚えてもらい、親しくならなければならない。

「皇后陛下が幼いうちに……ね」

愛らしい皇后陛下がもう少し大きくなれば、皇帝は他の女に見向きもしなくなる可能性がある。その前に、皇帝の寵愛をもらっておきたかった。皇帝の権力があれば、なんでも調べられる。

「でも、気をつけないと。皇帝陛下はあの男の息子だもの……」

寵愛を受ける前に、先々皇帝へ不満をもっていることが知られたら、彩可は後宮から追い出されるだろう。家族を悪く言われて喜ぶ人なんていないのだから。


収穫祭の日の午前中は、朱雀神獣に感謝を捧げる儀式を行う。

莉杏は、まだ夜も明けないうちから女官たちに支度を手伝ってもらい、皇后の正装で暁月の横に立った。

暁月と一緒に、収穫された作物を朱雀神獣廟に捧げ、感謝の言葉を述べて祈りを捧げる。

それから茘枝城の中門の前につくった祭壇へ向かう。

今日は特別な日なので、茘枝城の南端にある正門が開けられていて、民たちは中に入れないけれど、覗くことはできるようになっているのだ。

そこから見ている民のために、中門の前で儀式をもう一度行い、それが終わると皆に祝い酒を振る舞った。

「急いで！　歩揺を金と朱色の……そう、それを！」

「ここ、押さえておいて。髪が落ちてしまうわ」

「皇后陛下、お食事でございます」

手で摘まんで軽く食べられるものをくちにしながら、莉杏は女官たちの手によって、午後に向けての準備をすませていく。

皇后の冠をかぶるときは、冠の邪魔にならない形に髪を結っているので、冠を外す午後は別の結い方をして、美しい歩揺で飾るのだ。

女官に冷たい布で汗を軽くぬぐってもらったあと、莉杏は女官たちを連れて後宮を出る。くじ引きで留守番役になってしまった女官以外は、みんな午後の収穫祭を楽しめるのだ。

(お留守番の女官は、次回は絶対につきそいができるようにしてもらいましょう)

女官は揃いの制服を着ているけれど、歩揺や紅の色は自分に合ったものを選んでいた。

金糸で刺繍された深紅の上衣を着た莉杏を先頭にする華やかな集団は、宴の参加者の眼を楽しませる。

「宴は本当に金がかかるなぁ」

暁月の隣には莉杏が、そして傍に控えている従者は乳兄弟の泉永だけなので、暁月は他の人に聞かれてはいけない言葉を平気で放った。

「ですが陛下、これは必要な出費なのですよね？」

「そうだよ。お抱えの楽団は宴のためにある。仕事の場をなくしたら、それはそれで再就職先を探すのが面倒なんだよ。楽器一筋でやっていたやつらが、再就職先で上手くやっていけるかどうかも謎だしな。……あ～あ、金があったら、もっと贅沢したい」

　暁月の贅沢とはどんな感じだろうか。

「わたくしは、陛下と一緒にいられるこの宴も、贅沢すぎるものに思えます」

　愛する人が隣にいて、一緒に楽曲を聴いたり、踊りを見たり、狩りを楽しんだり、その場で感想を言い合ったりできるなんて、幸せすぎる。

「今はそういうことにしておくか」

　やれやれという顔で暁月は文句をしまった。

　莉杏はうふふと笑いながら、広間で奏でられている陽気な音楽を楽しむ。

「……泉永、明煌はどうした？」

　皇太子の席に明煌がいない。いつもなら勝手にしていいと暁月は言っているけれど、今日は皇太子争いの前哨戦の日だ。主役の明煌がいないと困る。

「それが……、ぎりぎりまで集中力を高めたいとおっしゃっていました」

「はぁ？　……しかたない、おれが迎えに行く」

　暁月は適当な理由をつけて席を立ち、泉永と共に皇太子の宮へ急ぐ。

　泉永に扉を開けさせたあと、暁月は一人で皇太子の宮に入った。

「明煌、あんたいい加減に……」

明煌は部屋で書を書き散らかしている。暁月がいることにも気づけない。

「練習に励むのはいいけれど、そろそろ……」

暁月は床に落ちていた紙を拾おうとして、手を止めた。

なんだか、明煌らしくない文字が見えたのだ。

「なんだこれ。……恋文？　いや、失恋の…………」

そのとき、ようやく明煌は暁月の存在に気づく。暁月を見るなり顔色を変え、そして頭を深く下げた。

「申し訳ございません！」

鈍い人間なら、時間に遅れてしまったことへの謝罪だと勘違いするだろう。

しかし、暁月は鋭い人間だったので、この謝罪の意味を理解する。

「あんた、いつの間に……」

明煌は世の中のことにまったく興味ありませんという顔をしておきながら、どうやら茘枝城で恋をしたらしい。そして、多分、失恋もした。

「申し訳ございません！」

「相手は誰だ？　宝晶？　彩可？」

明煌には、女性を近づけないようにしてある。接する機会があったのは、同じ東方になった後宮の女官しかいない。

「………伍彩可です」

「わかりやすいほど普通なところにいったな。はいはい、おれは安心した」

明煌は、十三歳の子どもに恋をするような男ではなかった。ごく普通に、二十歳ぐらいの綺麗な女性に恋をする男だったのだ。

「しかし、よりにもよって彩可ねぇ。……あの女は、あんたに恋なんかしていないよ」

「……はい。それは恋文をもらったときに気づきました。字に熱意がなかったので」

「そう。あんたの皇太子という立場に魅力を感じただけだ。ま、利用価値がないから言い寄るのをやめたみたいだけれどな。あの女はおれたちに恨みがある。気をつけろ」

暁月は、明煌の失恋の詩歌を見てため息をついた。

「恨み……ですか？」

「おれは家族を殺したやつの息子で、あんたは家族を殺したやつの甥」

明煌は、暁月の簡単な説明だけで、なんとなく事情を察する。そして、最初から彩可に騙されていたことも知ってしまった。


——東方と西方に分かれ、四つの遊びで競い合う。

今年の収穫祭の一番の注目は、皇太子争いだ。

東方は、東雲色と呼ばれる朝焼けの黄赤色の上衣で揃えてきた。西方は、夕暮れの茜色で揃えてきている。

それぞれの東と西にちなんだ華やかな衣装に、皆がもう期待を膨らませていた。

「それでは始めます」

判者となった在有文は、文箱に入っていた紙を取り出す。

「歌題は『秋』です」

詩歌、楽、書は、これから歌題にそったものを発表していく。

刺繍は制作したものを見せるだけなので、歌題は関係ないけれど、収穫祭で披露する作品だから、秋を意識したものであることは間違いない。

「どのような秋が見られるのか楽しみですな」

「これはいい勝負になりそうですね」

歌題の発表と同時に見物客がざわめいたけれど、それは『予想通り』という意味でのざわめきだ。

莉杏もまた、海成の言った通りの歌題となったことにほっとしていた。

「それではまず詩歌から。『鳳求凰』の演奏が終わるまでにお詠みください」

鳳求凰とは、紅葉の時期に一目惚れをした男女の恋の曲だ。

気持ちの高ぶりと共に曲が速くなっていくので、詩歌を考える者は焦らされるだろう。

（とはいっても、事前に考えたものを紙に書き写すだけなのよね）

詩歌好きが集まる会では、難しいお題を出すことで、その場で考えなければならないようにしているらしい。

「東方、舒海成殿。西方、喜昭皇子殿下。準備をお願いします」

呼ばれた二人は舞台に上がり、卓の前に座る。

用意された筆記具を手にし、白い紙に向き合った。

「それでは、始め」

有文の合図で、楽団が鳳求凰を奏で始める。

海成も喜昭も、どちらもそれらしく、少し考えてから動き出した。筆を止めたり、悩んでみたりと、いかにも今つくっている最中に見せかけている。

「どちらも演技がお上手ですね」

莉杏が感心すると、暁月は鼻で笑った。

「『秋』が歌題になることは予想通りだ。向こうも詩歌の得意なやつがつくったものだろうから、海成が用意した詩歌といい勝負になるだろうな」

最初に勝てば判者にいい印象を与えられるのだと、後宮の女官たちが莉杏に教えてくれた。

海成の役割は、始まる前から、そして始まった今も、とても重い。

「……筆を置いてください」

曲が終わると同時に、有文が終了を告げる。

「まずは東方、ご披露ください」

海成は紙をもって立ち上がる。

城下炊煙不絶昇
仰山楓葉織紅綾
万民長夜高枕臥
暁日明明将隆興

低くてよく通る伸びやかな声が、この場に響いた。

莉杏は海成の声を聞きながら、教えてもらっていた意味を思い出す。

（ええっと……、城下の炊煙絶えず昇り、山を仰げば楓葉は紅綾を織る、万民長夜に枕を高くして臥し、暁日は明明として将に隆興せんとす……だったわよね）

これは、暁月に治められているこの国の発展や復興を称える詩歌だ。

莉杏はちらりと隣の暁月を見た。

「よくもここまで褒めちぎれるよな。あの面の皮の厚さはさすがだ。呆れるを通り越すって」

煙なんて見てもいないくせに、と暁月は呟く。

「まぁ、皇帝の前だからな。喜昭も似たような詩歌だろうよ」

暁月の予想通り、喜昭が披露したものも、暁月を称える詩歌だった。

紅葉遍在皆望之
自然錦袍当愉姿
秋天名月今正満
毎夜観吟市井詩

十歳の子どもが本当に即興でつくった詩歌であれば、喜昭は天才だと皆がどよめいただろう。しかし、この場にいる全員が、誰かの作品を詠んだだけだとわかっている。

「紅葉遍く在りて皆之を望む、自然の錦袍当に姿を愉しむべし、秋天の名月今正に満つ、毎夜観ては吟ず市井の詩を……へぇ」

暁月は詩歌を聞いて、「満月はやりすぎて嫌みだろ」と言った。

莉杏としては、暁月を称える詩歌はただ嬉しいだけなのだけれど、暁月には色々思うところがあるらしい。

「どっちも歌題をしっかり組みこんである。優劣をつけるのが難しいだろうな」

「あとは判者の好みになるのですよね？」

「そう。おれはどっちも好みじゃねぇな。本心から褒めていないうさんくさい詩歌だ」

詩歌自体の評価が同じであれば、この勝負は海成の勝ちになる。

莉杏は、文化人である有文が判者ならそうなることを信じられた。

「――詩歌は、東方に」

わっと歓声が上がる。東方を応援している女官たちは、頬を染めて喜んでいた。

「あ、そうか。夜明けで統一してきたのか」

暁月は、海成が着ている東雲色の上衣を見て納得する。

海成の詩歌は、最後に暁月の『暁』の字が意味する夜明けをもってきており、そして夜明けの色である東雲色を身につけているのだ。

反対に、喜昭は西方ということで夕暮れの色である茜色の上衣なのだが、詩歌では暁月の『月』を意味する満月を出していて、夜であることを強く意識させてしまった。

「皇太子だから東方、東だから夜明け、夜明けにおれの名前を入れて……よくやるねぇ」

有文は、徹底的に『暁』で統一してきた海成の方が一枚上手だと判断した。

「次は刺繍です。東方、伍彩可。西方、振燐才。舞台に上がってください」

彩可は緊張している顔で舞台に上がった。

手伝いの女官が裏張りされた彩可の刺繍をもつ。

「まぁ、西方の刺繍はなんと見事な……！」

「上衣の端から端まで、蝶の刺繍で埋め尽くされているぞ」

「東方の紅葉の赤も繊細で素晴らしいが、これは完全に西方だな」

西方は、期間内に一人でつくれるはずのない大きな作品をもってきた。

燐才のうしろに控えている女性二人は、上衣をめいっぱい広げ、その大きさと華やかさを主張する。

（彩可の刺繍は……）

彩可の作品は、手巾程度の大きさしかない。どれだけ技術や図案が素晴らしくても、同じように素晴らしい大きな作品と比べると、どうしても見劣りしてしまう。

彩可もそれはわかっている。けれども、怯むことなく顔を上げていた。

（そう。勝っているのは自分だと見せることも大事だわ）

有文はまず、西方の燐才の作品をじっくりと眺め、それから彩可の作品をじっくり眺めた。燐才は明らかに人の手を借りて、そして既に完成していたものをもってきただけだけれど、有文は背景を考慮せず、この場にあるもののみを評価する。

「刺繍は西方に」

わっと再び歓声が上がった。詩歌のときとは違い、当然だなという納得の声が上がる。

（……うん。大丈夫。彩可は全力を尽くしてくれた）

彩可の刺繍は、皇帝に献上できるほどの美しい作品だ。

五十種類を超える異なる赤色を使った紅葉は、いつまでも見ていられる。

「次は楽を。東方、欧宝晶。西方、陶功峰。舞台に上がってください」

宝晶の相手は、吏部尚書の振家の者ではなく、吏部尚書に協力を頼まれた琵琶の名手の陶功峰だ。

功峰は、こういった催しでは必ず皇帝から一曲と頼まれる人で、その深い音色の素晴らしさから毎回褒美を与えられていたらしい。

「東方からお願いします」

宝晶が奏でるのは『夢長夜』だ。秋の夜長に見る夢を表した曲で、明るく楽しい夢だったり、大変な冒険をする夢だったり、幻想的な世界に迷いこむ夢だったりと、一曲に様々な音色がつまっていて、それを弾ききれる者は一流だと言われている。

宝晶の音色に、誰もが夢見るようなまなざしを向けた。曲が終わったときには「さすがだ！」「ぜひもう一曲……！」とあちこちから賞賛の声が上がる。

「それでは西方、お願いします」

しかし、功峰も素晴らしい演奏を披露した。

功峰が選んだのは『秋鳴鳥』という、秋から冬にかけて鋭い鳴き声を響かせる鳥を表現した曲だ。

秋の空を飛び回る様子や、身を守るために鳴く鋭い声、愛する相手と身をよせ合う姿を、音だけで想像させていった。

「……詩歌のときよりも優劣がつけにくいぞ」

海成のときは、衣装に合わせた詩歌を詠むことで差をつけることに成功したけれど、今回は『秋の夜』と『秋の鳥』という題材で、どちらも素晴らしい演奏をしている。

「宝晶が勝つと話が早いんだけれどな」

三勝一敗でさっさと終わらせたいという暁月の願いは、天に届かなかった。

「この勝負は、西方に」

有文は功峰の音色の方がわずかに上だという評価をする。

落胆（らくたん）の声と、賞賛の声。二つの声が同じ大きさで混じるというのは、それだけいい勝負だったという証だ。

これで東方が一勝二敗になってしまったけれど、東方の表情はこわばっていない。明煌の書の腕を信じているからだ。

「最後は書です」

書は『秋』に相応しい文字をこの場で書くことになっている。

筆記具や紙は自分でもってきたものを使う。大きさも決められていない。

大きな紙に力いっぱい大きな字を書くのか、薄紙に滑らかな文字で文章を綴るのか、秋の表現方法は書く人に委ねられていた。

（明煌……！　がんばって……！）

明煌は質素な硯箱と、それから螺鈿で飾られた美しい漆の箱の二つをもっていた。

まず螺鈿箱を開け、滑らかな手触りの紙を取り出す。次に質素な硯箱から陶器の水滴と硯を取り出し、硯に水を落として墨をゆっくりすり、墨の濃さをじっと見つめて確認した。

ぴんと伸びた背筋、白い紙に注がれている強い視線。

筆をもった姿勢が既に芸術そのもので、眼が引きよせられてしまう。

――なんと美しい！

――すごいわ、筆の動きにためらいがない……！

書いているときから賞賛の声をあびている明煌は、自分の心にひたすら向き合い、筆に想いをこめていく。

最後の文字の留めのあと、静かに筆をもち上げ、音もなく筆を置いた。

川の水が流れていくような、自然な動きで文字を書き終えた明煌は、そっと息を吐く。

「これは、先ほどの詩歌では……？」

誰かの呟きのあと、皆が眼をこらした。

明煌の手元の紙には、海成の詩歌が書かれている。

（歌題発表の直後の勝負を詩歌以外にしてしまうと、詩歌を考える時間ができてしまうので、即興で詩歌をつくる遊びにならなくなる。絶対に最初は詩歌の勝負になるとわかっていても、ずっと心配だったわ……！）

明煌が先に海成の詩歌を書いてしまうと、海成の詩歌はあらかじめ考えてきたものだと皆に主張してしまう。予想通りになってくれて本当によかった。

「書は明煌だな。これで二勝二敗か」

書いているときから、明らかな差があった。

有文は、二人の字が乾いたことを確認してから審査を始め、じっくり見たあとに結果を告げる。

「書は東方に」

二勝二敗になったので、最終的な勝敗をこれから有文が発表する。

見ている者にとっては、見応えのあるいい勝負だった。どちらが勝っても納得できるだろう。

「陛下、まだ最後の一押しがあります」

莉杏は、明煌の手元に戻ってきた詩歌の書を見て微笑む。

「一押しィ？」

なんだそれはと暁月が小声で言ったとき、明煌が螺鈿箱のふたを開けた。

明煌の手が、箱に入っていた赤色のものを取り出し、広げていく。それは、木の板に巻きつけてある彩可の刺繍だった。

明煌は彩可の刺繍に折り目がつかないよう、もう一度優しく木の板に巻きつけてからしまう。そして、自分の書も箱に入れ、ゆっくりとふたをした。

「皇太子殿下は一体なにを……」

片付けをしているのはわかる。しかし、なぜ彩可の刺繍と共に書をしまったのか。

皆がどうしたのだろうかと見守る中、明煌は螺鈿箱に東雲色の紐(ひも)をかけて飾り結びをし、箱をもって立ち上がった。

勝手に舞台から降りていく明煌をとっさに止められる者はいない。明煌はまっすぐに暁月のところにやってくる。

「……東方より、皇帝陛下への感謝の品でございます」

跪(ひざまず)いて箱を差し出した明煌の言葉の意味を、この時点で正確に理解できた者は、ほとんどいないだろう。

暁月は黙って箱を受け取り、紐をほどいて中身を見る。

入っているのは、海成の詩歌を書いた紙と、彩可の手によってつくられた刺繍だ。

暁月は彩可の刺繍を広げたあと、上に詩歌の紙を重ねた。

「あら、これは掛け軸(じく)にできそうですね」

莉杏の一言で、暁月と有文は、明煌の贈りものの意味を理解しただろう。

暁月は口笛を吹きたくなったけれど、我慢する。そして、まだ意味がわからない大勢の者たちのためにくちを開いた。

「……城下の炊煙絶えず昇り」

詩歌が書かれた紙を手に取り、暁月はその文字がまるで煙のようだと評する。

「山を仰げば楓葉は紅綾を織る」

彩可の見事な赤い楓の葉の刺繍は、詩歌の紙よりも大きく、掛け軸の裂地にちょうどよさそうだ。

「万民長夜に枕を高くして臥し」

それらを暁月は箱にしまい、秋の夜空を表したような黒色の漆塗のふたをかぶせる。

「暁日は明明として将に隆興せんとす……ね」

暁の色である東雲色の紐を結び、満足そうに笑った。

「……見事だ」

暁月の解説によって、多くの者がこの贈りものにこめられた意味を理解する。

ざわめきが一気に広がった。わかった人はまだわからない人へ、どういうことなのかを教える。

――つまりさ、東方はみんなで詩歌をなぞったんだよ！

――刺繍が紅綾で、楽が秋の夜長で、書が炊飯の煙をそれぞれ表しているんだ。

――ほら、刺繍と書で掛け軸ができるだろう？

――掛け軸を秋の夜の箱につめて、最後は陛下を表す夜明けの色の紐でくくる。陛下を称える贈りものの完成だ。

そして皇帝はその意味を理解し、「見事だ」と称えたのだ。

皇太子は、収穫祭の遊びで優雅な掛け軸をつくり、皇帝に贈った。

「これは……もう」

「間違いなく東方……ですな」

興奮を隠しきれない囁き声が、有文をせかす。

有文は、明煌が舞台に戻ってからごほんと咳払いをし、最終的な判定を下した。

「……勝者は東方に」

いい勝負だった。そして納得できる結果だった。

見物人たちは満足したという顔で、皇太子たちを見ている。

「これってあんたの仕込み？」

莉杏は暁月に問われ、笑顔で答える。

「みんなで一つの作品をつくりましょうと提案したのはわたくしですけれど、具体的な方法を考えたのは海成で、実行してくれたのはみんなです」

莉杏は、女官の遊びの判者を経験して、ひとりひとりが全力を尽くす以外のやり方もあることを知った。それで『最後の一押し』を提案しただけだ。

「皇后の仕事は『こうしましょう』と指示することだ。具体的に考えるのも、実行するのも、あんたの仕事じゃない」

いい経験になったんじゃない？ と暁月はそっけなく言う。

「はい。こっそり手助けできてよかったです」

ちょうどそのとき、明煌が皇太子の席に戻ってきた。明煌は莉杏と眼が合うなり、ほんのわずかに笑う。

「──皇后も皇太子も自分の仕事をやった。なら次はおれだな」

暁月は、次の催しを眺めながら鼻で笑う。

「陛下も参加を？ 前みたいに弓ですか？」

桃花の宴では、飛ばした鳥をめがけて一斉に矢を放つという競技が行われた。

莉杏は、今回も似たような遊びをするのだろうかと演目を思い出してみたけれど、それらしいものはない。

（……そもそも、秋は狩猟の季節なのに、今回は『狩り』が一つもないのよね）

どうしてだろうかと莉杏が不思議に思っていると、暁月が小声で返事をする。

「これから『狩り』が始まるんだよ。……獲物は人間だ」

暁月は、どこからどう見ても悪役だという顔で楽しそうにしている。
しかし莉杏は、暁月に恋をしているので、そんな悪い顔も格好いいと喜んでしまった。

# 四問目

暁月は、早くに反皇帝派の力をできる限り弱めておきたかった。

しかし、堯佑がいたときとは違い、ある者は皇帝の座を狙い、ある者は皇后の座を狙い、ある者は皇太子の座を狙うという、小さな敵対勢力が乱立している状態になっている。

敵対勢力が小さすぎることで、逆に動きが読めない中、唯一予想できることがあった。

――『狩り』をするのなら、収穫祭の日だ。

収穫祭では皆に祝い酒が振る舞われる。警護担当の武官は飲んではいけないけれど、飲むことを黙認されてきた。

賢い者ほど、警護計画がしっかり練られている皇帝の行幸や皇后の行啓のときよりも、お祭り騒ぎで浮かれているときを狙うはずだ。

「こっちの準備ができている状態で、反逆者ですと名乗ってもらえる機会なんて、そんなにないしねぇ。ありがたくこの機会を利用させてもらうよ」

自分の孫を皇太子にしたい吏部尚書。

自分の娘を皇后にしたい礼部尚書。

自分の息子である明煌を皇帝にしたいと考え始めているはずの叔父の印凱。

権力を握ろうとしているものは、まだ他にもたくさんいる。

誰が収穫祭で動くのかはわからない。どんな目的なのかもわからない。

皇帝か、皇后か、皇太子か――……暁月は三人のうちの誰が狙われても大丈夫なように、信頼できる武官にだけ『反皇帝派狩りの作戦』を立てさせていた。

そして宴の最中に、莉杏と女官長へ『反皇帝派狩りの作戦』を伝える。

「莉杏、またあとでな」

「はい」

莉杏は暁月に微笑んだあと、女官を呼んだ。

「疲れたので、後宮で少し休みます」

酒が入る夜の宴まで、まだ時間がある。元々、衣服を整えるために後宮に戻る予定だったので、女官たちは「お疲れでしたね」と言いながら莉杏につきそった。

莉杏はわざとあくびをして、それを袖で隠しながら、どこかにいるかもしれない敵対勢力の人へ『なにも気づいていない』というふりをしておく。

女官と共に後宮の門をくぐった莉杏は、一番近い部屋に入り、用意されていた大きな衣装箱のふたを開けてもらった。

「皇后陛下、揺れますが少し辛抱してください」

「はい！」

衣装箱に入り、ふたを閉めてもらう。あらかじめ作戦を伝えられていた女官たちは無駄(むだ)なく動くけれど、なにも知らされていない新人の女官はおろおろしてしまった。

「あ、あの……私たちはどうしたら……」

新人女官は、知らないことばかりだ。言われなくても気をつけなければならないことがわからないため、まだ大事な話を聞かせてやれない。

「貴女(あなた)たちは、皇后陛下が後宮でお休みになっているつもりで行動しなさい。宮女(きゅうじょ)にその話をすることも、他の女官に詳(くわ)しいことを尋ねるのも、絶対にしてはなりません」

なにか大変な事態になっていることだけは、新人女官たちにも伝わった。

「彩可(さいか)、貴女は夜の宴に参加する準備をしなさい。あとは宝晶(ほうしょう)の指示に従うように」

「はい！」

莉杏が入った箱は、四人がかりでもち上げられ、後宮の外へ運び出される。

「急いで！　皇后陛下の支度を終わらせないと……！」

「足りないものをもってきて！」

女の準備は大変だという顔で、女官たちがそれらしく動く。

莉杏は衣装箱の中でじっとしながら、誰にも気づかれませんようにと祈(いの)り続けた。

「ゆっくり下ろして、そう、ゆっくり……！」

衣装箱は茘枝城(れいしじょう)内の客人用の一室に運びこまれた。そこでようやく箱から出してもらった莉杏は、そのまま部屋で外が完全に暗くなるのを待つ。

（夜の宴には皇帝と皇后が揃って出席し、皇太子は欠席する予定だった。もし皇后や皇太子を狙う者がいるとしたら、この予定を前提にした計画を立てているはず）

逆に暁月は、敵対勢力に襲撃されることを前提にした反皇帝派狩りの作戦を立てた。

直前になってから、『皇后は疲れて後宮で寝てしまい、夜の宴に出てこない。その代わり、宴を欠席することになっていた皇太子が夜の宴に参加する』という予定変更を行う。

敵対勢力は、皇后と皇太子が予定とは違う場所にいることで、じっくりと練られた襲撃計画を諦めるか、中途半端な形で実行するかのどちらかを選ばなくてはならない。

（陛下は、中途半端な形で襲撃計画を実行してほしいとおっしゃっていたわ）

それでも、相手がどう出るのかは最後までわからないので、莉杏は身を守るためにこれからこっそり実家へ戻ることになっていた。

「皇后陛下、碧玲さまの準備が整いました」

女官が碧玲の髪を結い直し、武官ではなく官吏の妻というような衣装を着せた。

碧玲は『気分が悪くなって先に帰ることになった女性』のふりをして、先に莉杏を乗せておいた馬車に乗りこみ、そのまま莉杏の警護をすることになっている。

「まずは皇后陛下を馬車に……！」

夜が訪れると、武官の進勇が莉杏を迎えにきた。

莉杏と進勇が通る道に、見張りの兵士は配置されていない。警備計画にわざと穴を開けているのだ。莉杏が通ってから、見張りを配置し直すのだろう。

(碧玲もわたくしと一緒にきたらいいのに……。でも、たしかに、茘枝城の馬車置き場からきた馬車に、気分の悪い女性がもう乗っていたらおかしい……かも)

まず莉杏が馬車に乗り、黒い布をかぶって身を潜めておく。

馬車を茘枝城の門まで移動させたら、碧玲はこの馬車の主人だという顔をして乗りこみ、馬車を出発させる。

とても簡単な脱出作戦のはずだけれど、なぜか碧玲がいつまで経ってもこなかった。

「なにかあったのかしら……」

想定外の事態というものは、どれだけ準備をしていても発生する。

莉杏がはらはらしていると、ようやく碧玲らしい人と、その身体を支えている女性が現れ、莉杏はほっとした。

「彩可……!?」

気分が悪くなったふりをした碧玲を支えているのは、彩可だ。

莉杏につきそう予定の女官は、彩可ではなかったはず。一体なにがあったのかと驚く。

「馬車を出発させろ」

碧玲の合図と共に馬車が動き出すと、碧玲はすぐに莉杏へ頭を下げた。

「遅れて申し訳ありません！　途中で酔っ払いに絡まれてしまい、つきそいの女官が腕を掴まれて動けなくなりました。注目をかなり浴びてしまったので、私が酔っ払いを力尽くでどうにかするわけにもいかず……」

碧玲は酔っ払いをどうにかすることなんて簡単だ。しかし気分の悪い婦人が男を投げ飛ばすわけにもいかない。そして武官の碧玲だと気づかれてしまったら、周囲はなにかあったことを察するだろう。

「女官の宝晶と彩可が運よく通りがかり、宝晶が彩可に『気分の悪いご婦人を馬車までお送りしなさい』と機転を利かせてくれたおかげで、怪しまれる前に離脱できました」

だから予定の女官ではなく、宴のために着飾っていた彩可が一緒にきたのだ。

「あの……碧玲さま、私はどうしたらいいのかを知らなくて……」

彩可は、『莉杏が後宮にいるつもりで予定通りに動き、宝晶の指示に従え』という女官長の命令のあと、『碧玲を支えて馬車まで連れて行け』という宝晶の命令に従ってここにきただけだ。

莉杏が予定とは違う行動をしていることなら、彩可もなんとなくわかっているけれど、本当にそれだけである。

「皇后陛下をご実家までお送りし、そこで一晩過ごしたあと、迎えがきたら茘枝城に戻る。私は皇后陛下の護衛だ。貴女は皇后陛下のお世話を」

「わかりました」

それぐらいならできそうだと、彩可はほっとした。


予定外の出来事や想定外の出来事は、暁月側にも、そして反皇帝派にも等しく訪れた。

まずは、娘を皇帝にしたい礼部尚書が、想定外の事態に戸惑っていた。夜の宴に参加する予定だった皇后が後宮で寝てしまって、今夜はもう出てこないのだ。

皇后はいつも最も警備の厳しい皇帝の私室か後宮にいて、他のところを歩くときは必ず護衛の者がついている。

皇后を殺したいのなら、暗くて人が多くて警護をしにくいという今夜が、絶好の機会だったのだ。

「皇后には死んでほしい。しかし、私がやったという証拠を残すわけにはいかない」

堯佑は後宮に侵入したこともあったけれど、あれは茘枝城を乗っ取る自信があったからできたことだ。自分の家の兵士だけでは、そこまでのことはできない。

「収穫祭に紛れて賊が入りこんだように見せかけたかったのに……！」

襲撃計画は中止だ。夜の宴に参加しない小さな娘を迎えにきた馬車を使い、もちこんでいた武器と娘を屋敷へ戻そう。

「急いで屋敷に向かえ。……あ、いや、私も乗ろう」

なにかあったとき、幼い娘と乳母だけでは、馬車内の武器についての言い訳ができない。

自分も一緒に乗り、武器を置いてから急いで茘枝城に戻ることにした。


自分の孫を皇太子にしたい吏部尚書は、収穫祭で人の出入りが激しくなっているときに皇太子の宮を襲い、犯人を特定できないようにするつもりだった。

しかし、明煌は夜の宴へ出席することになってしまった。皇帝の傍にいる皇太子を襲うことは不可能だ。

「皇太子を殺せるような毒を都合よくもっていたらよかったのに……」

家人に酔ったふりをさせて騒ぎを起こし、人の眼を集めておいた。

その隙に、喜昭の迎えの馬車に乗せておいた傭兵と武器を、茘枝城内にこっそりもちこんだ。ここまでは上手くいっていたのだ。

「どうかしたのか？」

傭兵は「計画通りにやれ」と命令するはずの吏部尚書の様子がおかしいことに気づく。

「……計画は中止だ。口止め料として報酬の半額払う」

すぐに傭兵と共に馬車へ乗り、報酬の半額を支払うために屋敷へ向かった。

「了解した。ならすぐに払ってくれ」

「わかった」

吏部尚書は、報酬は夜の宴のあとでと言いたかった。しかし、傭兵は金払いが悪いとすぐにこちらを裏切るので、しかたなく要求を呑む。

暁月の反皇帝派狩りの作戦によって、二つの小さな反皇帝派が襲撃計画を諦めていた。

莉杏は実家に戻って朝を迎えるだけでよかったのに、偶然に偶然が重なり、予定通りに進まなくなってしまう。

まず、吏部尚書の襲撃計画の準備に巻きこまれていた碧玲が、莉杏との合流に遅れてしまった。そのため、馬車の出発も遅れた。

莉杏の実家の屋敷は、莉杏のために派遣された兵士によって警備を強化されていた。しかし、暗くなったらすぐに到着するはずの莉杏たちがまだこない。

「茘枝城内でなにかあったのかもしれない。追われているようならば駆けつけるぞ」

警備責任者は、皆に「すぐ動けるようにしておけ」と命じた。

時間がすぎればすぎるほど、なにかあったはずだと思いこむようになる。

「馬車だ！　きっとあれだ！」

門番の兵士は、ほっとした顔で叫んだ。商人が使うような幌馬車ではなく、高級なつくりの馬車がきていることは、影の形でわかる。

こっちだと手を振りながら道の真ん中に出て、馬車のうしろにつけてきている者がいないかを確認した。馬車のうしろに怪しい影はない。

「ここだ、ここ！　止まれ！」

声を張り上げると、馬車が少し行きすぎたところで止まる。

夜だからこういうこともあるだろうと思い、馬車から門までの警護を手伝うために、灯りをもって馬車の扉に駆けよった。

「碧玲殿！　ご無事ですか!?　人手が必要ならば呼んできます！」

門番の兵士が声をかけると、馬車の扉が開く。

「……すまないが、人違いではないかね？」

乗っていたのは、不思議そうな顔をしている吏部尚書だ。

兵士は馬車を間違えたことに気づき、慌てて頭を下げ謝罪した。

吏部尚書は、門に戻っていく門番のうしろ姿を見ながら、あの屋敷は宰相の蕗登朗が住んでいるところだと思い出した。

今日はやましいことがあるので、人気のない道を選び、普段とは違う道を通ってきた。そのせいで、蕗家のそそっかしい門番をひき殺しそうになったらしい。

「……『碧玲殿』？　登朗ではなくて？」

登朗は皇帝派の最重要人物の一人だ。皇后の祖父で、暁月の命令に「御意」を言うだけの使えない男で、普段はのらりくらりとしている。

なぜ門番は、登朗ではなく、茘枝城にいるはずの武官の翠碧玲の名前をくちにしたのだろうか。ここは翠家ではないし、彼女はまだ仕事中のはずだ。

「待てよ。『ご無事ですか？』というのも変だな」

どう考えても、門番の行動も言葉もおかしい。

碧玲が無事ですかと言われるような用事とは、一体なんだろうか。

「そもそも、宴のときの碧玲は、皇后陛下の警護をしていて……」

宰相の蕗登朗の屋敷、皇后の警護をしている碧玲、無事ですかという焦った声。

そこまで真実の欠片があれば、誰でもある程度のことを想像できる。

「茘枝城でなにかあったのかもしれないな。もしかすると、皇后陛下はここに避難なさるつもりなのかもしれない」

今夜、自分は皇太子を殺す計画を立てていた。似たようなことを考えていた者がいてもおかしくないし、皇后に対して実行した者もいたのかもしれない。

それで碧玲が皇后を連れて蕗家へ避難することになったのだとしたら、今の門番の行動に納得がいく。

（皇后陛下ではなくて、皇太子が不用意にうろうろしてくれていたら……！）

このあと、ここに皇后の馬車がくるのだろう。皇后の馬車ではなく皇太子の馬車がくるのなら、今すぐ引き返し、同乗している傭兵を使って当初の目的を果たすことができたはずだ。

（皇后を襲っても意味はない。すぐに誰かが新しく立后するだけだ。くそ、年頃の未婚の孫が私にもいたら……！）

吏部尚書の孫娘は、暁月の異母兄である先の皇帝の後宮に入っていたため、今は道教院にいる。だから喜昭をどうにかして皇太子にしたかったのだ。

（礼部尚書の娘の琳英はまだ幼いが、そのうち後宮入りするだろう。皇后陛下を殺せば、礼部尚書を喜ばせるだけになる）

幼い琳英を思い出し、あの子が自分の孫だったらと嘆いたとき、ふと『それでもいいではないか』と気づいてしまった。

（……礼部尚書は、琳英を皇后にしたいはずだ）

つまり、とりあえずの皇太子は誰でもいい。

自分と礼部尚書が手を組み、皇后を殺して琳英を皇后にする機会を与えてやる見返りに、礼部尚書に皇太子を殺してもらう。琳英はまだ幼すぎて皇帝の子を産めないので、それまでの皇太子を喜昭にする。

互いの目的を果たしたら、今度は礼部尚書との争いになる。

琳英の子を皇太子にしたい礼部尚書と、喜昭を廃太子にさせるわけにはいかない自分との戦いは、今から上手くやれば勝てるだろう。

(喜昭が皇帝になったときに報いると言えば、味方はいくらでも集まる)

喜昭がただの皇子であるときにそんなことを言っても、鼻で笑われるだけだ。

しかし、喜昭が皇太子になれば、皇帝になるまであと一歩だ。これならいける。

「おい、仕事だ。馬車を襲って中にいる女を捕らえろ。報酬は弾む」

吏部尚書の言葉に、傭兵たちは頷いた。金がもらえるのなら、誘拐どころか人を殺すことも請け負うのが傭兵というものだ。

「女は生きたまま捕らえろ。必ずな」

礼部尚書との交渉の前に、莉杏を殺してはならない。それではただ単に、礼部尚書にとって都合のいい展開になるだけだ。

まずは莉杏を使い、礼部尚書と交渉する。

莉杏を引き渡すと同時に念書を作成し、それを互いにもち、牽制し合う。

吏部尚書の頭の中で、新たな計画が生まれた。

莉杏を乗せていた馬車が、突然襲われた。そして茘枝城から登朗の屋敷まで距離がほとんど目立ってはいけないという理由と、護衛は碧玲だけにしていた。ないということから、莉杏が捕まった時点で剣を捨てるしかなかった。

碧玲は奮戦したが、莉杏たちは縛られ、目隠しをされ、どこかに連れて行かれる。埃っぽい倉庫らしいところに、莉杏は碧玲と彩可と共に閉じこめられた。

碧玲は壁を使って自分の目隠しを外し、それから莉杏と彩可の目隠しも取る。

「……どうしてわたくしたちの計画が漏れてしまったのでしょうか」

莉杏は小さな声で呟く。

暁月は、慎重にこの作戦を立てていた。莉杏たちもまた、慎重に行動していた。あとをつけてくる怪しい人も馬車もいないと、碧玲も言っていたはずだ。

「どこかに裏切り者が潜んでいたのかもしれません。もしくは、本当に偶然が重なり合った可能性もあります」

碧玲は月明かりを頼りに、倉庫内を確認していく。

「私たちを縛っているのは、布を破いてつくった紐であって、頑丈な縄ではありません。この部屋もそうです。計画された襲撃ではないかもしれませんね」

木箱以外はなにもない部屋だ。ところどころ埃のない場所があるのは、つい先ほどまでなにか置かれていたからだろう。

(監禁のために用意しておいた部屋ではない……?)

誰かと間違われて襲われたか、莉杏以外の目的があるのか、他にも色々な可能性がありそうだ。

「これは誘拐なのですか……? 皇后陛下で身代金を……?」

彩可がおそるおそる碧玲に尋ねると、碧玲は「わからない」と答えた。

「襲ってきた者たちは、おそらく傭兵でしょう。彼らは皇后陛下に傷をつけないように動いていました。ですから私は、無理な抵抗はしませんでした」

彩可をおとりにして莉杏だけを逃がすという方法もあった。

しかし、逃がすぐらいなら殺せとなってしまうのなら、助けを待った方がいい。

「皇后陛下が蕗家に到着しなければ、陛下が必ず捜索します。もしくは、もう身代金の要求が届いているかもしれません。そのときも捜索をするでしょう」

手を縛られている莉杏たちは、ここから脱出できたとしても、追いかけられたらまたすぐに捕まる。利用価値があることで殺されないのなら、じっとしているべきだ。

（……利用価値がなくなったら、わたくしたちは危ない）

莉杏は誘拐されてしまったときの危険性を、武官たちから何度も教えられている。

身代金の交渉の間は殺さない。交渉が決裂したら殺される。そして身代金が犯人の手に渡っても、証拠隠滅のために殺されるかもしれない。

「わたくしが犯人だったら……、夜明けが限度です」

皇后がいなくなれば、大規模な捜索が始まってしまう。

いつかは見つかる。だからいつかの前に、皇后を返すか殺すかをしなければならない。

「夜が明けたら、私たちは殺されるのですか……!?」

「脅しのために一人ずつ殺すかもしれない。まずは武官の私だ。次は彩可、貴女だろう」

「そんな……！」

莉杏が皇后だと知っていて誘拐したのかどうかもわからないけれど、子どもを殺すのは一番最後になるだろうし、皇后も一番最後にするはずだ。

「わたくしがここにいることを陛下にお伝えできたら一番いいのですが……」

莉杏は小さな窓を見上げる。鉄格子がはまっているので、出入りはできそうにない。

「ここから石を投げたとしても、眼の前に建物らしき壁があるので無理でしょうね」

碧玲は何回か軽快に跳んで、窓の外を確認してくれた。

「そちらの扉はがたついていますが、扉自体は頑丈です。……見張りが一人いますね。一人だけなので、この扉はまず開かないでしょう。隙間から紙を滑らせても、おそらくすぐに見つかります」

莉杏と碧玲は、顔をよせて囁き合う。

彩可は殺されるかもしれない今の状況に動揺していて、二人の会話に加わるという発想もなかった。

「皇后陛下、なにか道具はありますか？」

「歩揺は取られませんでした。あとは……手巾ぐらいです」

そのとき莉杏は、犯人たちが金目の物を探っていないことに気づく。

どうやらこれは、ただの身代金目当ての誘拐ではない。

「彩可は？」

碧玲に問われた彩可は、身体をびくっと震わせた。

「あ、あの、新人女官は先輩の指導を書き留める筆記具をもち歩かなければならないので……、あとは私も手巾を……」

「なるほど。助けを求める手紙は書けそうですね」

「その前に、まずはこの紐をほどきませんか？　碧玲が指示を出して、わたくしが後ろ手に歩揺を使えば、彩可の紐を外せそうです」

手紙を書きたくても、身体のうしろで両手を縛られたままでは難しい。

莉杏の提案に従い、碧玲はうしろの手で莉杏の歩揺を外した。

「彩可、貴女の手先は器用そうだ。まずは皇后陛下の紐を外そう」

「はっ、はい……！」

碧玲が月明かりしかない中で、絶対にほどけないようになっている独特の結び目をじっくり見て、彩可に歩揺をどう動かせばいいのかを教える。

下手に歩揺を動かせば莉杏の肌に傷がつくので、碧玲も彩可も慎重に作業を進めた。

「取れた……！」

かなりの時間をかけて、ようやく莉杏の手首を縛る紐を外せた。

それから莉杏が彩可の指示に従って碧玲の手首の紐を外し、碧玲が彩可の紐を外す。

「次は手紙をどうするかですね」

碧玲と莉杏が真剣に考える中、彩可は再び黙りこんだ。


彩可はなんでこんなことに……と絶望していた。

後宮の女官試験のとき、最後の最後で不正を見破られたとき以上の絶望だ。

女官になったあと、なんとか同僚からの信頼を取り戻し、ようやく皇后との接点を得たところなのに、これはいくらなんでもひどすぎる展開である。

(今頃、私は夜の宴で、陛下にお褒めの言葉を頂いていたかもしれないのに……!)

いつもいつも、大事なところで皇后が顔を出してきて、計画がめちゃくちゃになる。

(……でも、この子に罪はないわ)

とても立派な皇后だということは、後宮にいたらわかる。

莉杏はいつだって皇后としての勉強に励み、皇帝と仲よくし、女官や宮女にも優しくしてくれる人だ。

この人が皇后でよかったと、彩可も思っていた。

(八年前の事件のことに詳しかったら、皇后陛下と親しくするだけでよかったのに)

皇后では駄目だ。皇太子でも駄目だ。八年前を知る者……皇子として後宮にいた皇帝ならば、こちらの望む情報をもっているか、調べることができるかもしれない。

「先に手紙を書いておきませんか? いつ見張りが中に入ってくるかわかりませんから」

「そうですね。……彩可」

碧玲に名前を呼ばれ、彩可は慌てて懐を探る。

携帯筆記具を取り出そうとしたとき、はさんでおいた紙がひらりと落ちていった。

慌てて紙を拾おうとして前屈みになると、袖の中からするりと落ちていくものがある。

(……あ!)

かつん、という音と共に竹筒が転がっていき、莉杏の足下で止まった。

「っ！　それは……!!」

ひったくるようにして彩可は竹筒を拾う。驚きのあまり肩で息をしている彩可を、莉杏が大きな円い瞳で見ていた。

「……彩可の大事なものなのですね」

にこりと莉杏が微笑む。十三歳の子どもなのに、彩可の過剰な反応を見て、竹筒の中身を探ることなく引いてくれた。あまりにも大人な対応だ。

「彩可、皇后陛下に失礼だ」

碧玲に小声で叱られ、彩可は胸をどきどきさせながら、慌てて頭を下げた。

「申し訳ございません……！」

女官長がいたら、二度と皇后に近よらせてもらえないほどの失態だ。

冷や汗を流していると、莉杏が落ちた紙を拾った。

「彩可、筆を」

「……はい」

彩可が筆を渡せば、莉杏はどのような言葉を書くのかを考え始める。

「月明かりの影の向きを考えると、窓があるのは西ですね。扉は東側です。この倉庫の大きさは……」

閉じこめられている倉庫についての情報を暁月に伝えることができたら、すぐに助けてもらえる。

彩可は竹筒をぎゅっと握りしめ、そっと息を吐いた。

(大丈夫。きっと助かる。……私はこんなところで死ぬわけにはいかない)

必死に気持ちを落ち着けている間に、莉杏と碧玲は助けを求める手紙を書き終える。

「あとはどうやってこの手紙を届けるか、ですね」

碧玲は這いつくばり、扉と床の隙間を確認する。

指は入らないけれど、手紙だけなら向こう側にいる人へ渡せそうだ。

「皇后陛下、見張りを買収してみますか？　……交渉はあまり得意ではありませんが」

「買収に応じる人であれば、わたくしたちが閉じこめられていることを皇帝陛下に伝え、堂々と報奨金をもらうのではないでしょうか」

莉杏の言葉に、買収が無理なら……と、碧玲は次の案を考え始めた。

「剣があれば、隙間から足を刺すこともできるのですが……」

「わたくしの歩揺ではどうにかなりませんか？」

「扉が分厚いので、少し先が出るだけですね」

このぐらいはありそうです、と碧玲は指で扉の分厚さを伝える。

「困りましたね。……毒でもあれば、歩揺の一刺しで見張りとの交渉ができたのに」

莉杏は頬に手を当て、はぁ、とため息をつく。

彩可はどきりとした。くちびるが震えて、手のひらから冷や汗がにじみ出る。

（……毒⁉）

なにも言えないでいると、碧玲が首をかしげた。

「毒を脅迫に使いたいのなら、解毒剤が必要です。毒だけでは……」

「今回は、『茘枝城の宮廷医なら解毒剤に必要な材料をもっていて、皇帝陛下の命令があれば処方できる』と言えばいいのです」

莉杏は、まだわからない碧玲のために説明をつけ足した。

「解毒剤がほしいと皇帝陛下にただ訴えるだけでは、絶対に処方してもらえません。ですが、わたくしの字で書かれた手紙があれば、それが可能です」

「解毒剤の処方を頼む皇后陛下のお手紙に、私たちがここにいるという情報も書いておくのですね！」

単純に見張りを毒で脅して伝言を託すだけでは、暁月に金目当ての嘘だと思われるかもしれないし、見張りが嘘の場所を教えるかもしれない。

正しい情報を暁月に渡すために、莉杏の手紙が必要になるのだ。

「皇帝陛下は、皇后陛下の字かどうかを判断できるのですか？」

「大丈夫です！　愛の力があるからわかっていただけます！　……と言いたいのですけれ

ど、陛下が悩まれたとしても、明煌がいます。明煌はわたくしの書の先生ですから」

莉杏は、暁月を信じている。きっと莉杏の字だと自信をもって言いきるはずだ。

「あとは運よく毒蛇が入ってくることを祈るしかないですね」

「はい。毒蜘蛛でもいいですよ。……ね、彩可」

莉杏が彩可を見て、にっこり笑う。

彩可は手にもった竹筒をぎゅっと握りしめることしかできなかった。


莉杏は、竹筒が転がり落ちてからの彩可の様子がおかしいことに気づいていた。

「彩可、どうかしましたか？」

莉杏に声をかけられても返事をしない彩可へ、莉杏はわざと首をかしげる。

彩可の手が震えていたので、ちょっとやりすぎてしまったと反省した。

——幽霊騒動を引き起こしたやつは、女官の伍彩可の可能性が高い。

少し前、莉杏は暁月から刑部と戸部の調査結果を見せてもらっていた。

暁月は、八年前に皿の欠片を料理に入れてしまった女官と、処刑されたその女官の一族の関係者を徹底的に調べていたのだ。

——自殺した女官の父親の妹が、別の一族に嫁いでいだ。その女の娘が彩可だ。

自殺した女官と彩可は従姉妹という関係である。小さいころから親しくしていたらしい。

(彩可は、処刑された一族の関係者であることを知られたら、女官を辞めさせられるかもしれない。彼女は慎重に八年前の情報を集めるしかなかった)

彩可が知っているのは、従姉が皿の欠片を料理に入れてしまったことと、古井戸で首をつったことだけだったのかもしれない。

幽霊騒動を起こせば、お喋り好きの女官や宮女が八年前の事件の真相を語るのではないかと期待したのだ。

莉杏の月餅に皿の欠片が入っていたのも、八年前の事件を皆に思い出させ、噂話をさせるためだろう。

(おそらく彩可の目的は、『従姉を陥れた犯人をつきとめ、復讐する』こと)

幽霊事件と月餅の事件で満足できる情報を手に入れていたら、彩可はもう女官を辞めていたはずだ。まだいるということは、ほしい情報が手に入らなかったのだろう。

(わたくしが彩可なら、次は女官長か陛下に近づくわ)

女官長は、不正をした彩可に厳しい眼を向けている。彩可が女官長に気に入られて、八年前の事件の真相を知りたがっても見て見ぬふりをしてもらえるようになるまでには、かなりの時間がかかるだろう。

皇帝もまた、彩可が気軽に近よれるような相手ではない。

（陛下に近づくために、『恩』が必要だったのね）

たとえば、身体を張って皇帝の危機を救う……とか。

そのためには、まず皇帝の危機に遭遇しなければならない。皇帝が足を滑らせたときに真うしろにいることを期待するよりも、自分で皇帝の危機をつくる方が早い。

そしてその危機は、命を狙われているという危険なものの方が、より感謝される。

——毒蜘蛛に気をつけて。

あの手紙は、莉杏から暁月に警告が伝わることを期待して出されたものだろう。

皆の前で皇帝を毒蜘蛛から守れば、彩可は皇帝から褒められ、恩人になれる。

（自分で陛下の危機をつくって救う。後宮物語の悪役がいつもやっていることだわ）

そしてこのあと、恩人として皇帝の気を引き、寵愛を頂こうとするのだ。

（本当に陛下のお命を救ったのであれば、陛下の寵愛を頂くのは当然のこと。でも陛下の危機をわざとつくるのであれば、わたくしは阻止しなくてはならない）

彩可が暁月を庇いきれず、毒蜘蛛が暁月を本当に刺してしまったら？

その可能性がある以上、莉杏は皇后として彩可を止めなければならないのだ。

「彩可、……このまま夜が明けると、わたくしたちの誰かが死ぬかもしれません」

犯人と暁月の交渉が早くにまとまらなければ、犯人はまず碧玲か彩可のどちらかを殺し、身体の一部を暁月に届けるだろう。

堯佑がそうやって暁月を脅そうとしているところを、莉杏はこの眼で見たことがある。

「わたくしは、碧玲にも彩可にも死んでほしくありません。みんなで助かりたいのです」

皇后が生き残るために女官を見捨てたとしても、それは当然の判断だ。

しかし、莉杏は一緒に生きようと彩可に手を差し伸べる。

「……私は話がよくわからないが」

莉杏と彩可のやりとりを黙って見ていた碧玲が、二人の間になにかあることを察した。

「伍彩可。今、ここで決断しろ。私には、その竹筒を無理やり奪うことなんて簡単だ。そしてなにも知らないままふたを開ける。それでもいいのか？」

碧玲が竹筒を力尽くで奪い取るという宣言をする。

彩可は息を呑み、首を横に振った。

「いけません！　これは、とても危険なものです……！」

彩可は竹筒を身体のうしろに回す。

「ならば自らのくちで説明しろ」

碧玲の厳しい言葉に、彩可はしばらく迷い、観念したようにうなだれた。

「……この中に、毒蜘蛛が入っています」

「毒蜘蛛……!?」

驚く碧玲とは逆に、莉杏はやっぱりという顔になる。

毒蜘蛛に警戒しろという手紙と、夜の宴にわざわざもっていくつもりだった竹筒を関連づけるのは、そう難しくない。

「なぜそんなものを……まさか皇后陛下のお命を⁉」

「碧玲、彩可のちょっと危ない趣味のことは置いておきましょう」

「……趣味なのですか⁉」

毒蜘蛛を愛でるなんて物騒な趣味をもつ女だと、碧玲は莉杏の説明を信じ、呆れた。

「あ～、気の毒だが、その毒蜘蛛を利用させてもらうぞ」

碧玲のあまりにもまっすぐな心に、彩可はくちびるを噛みしめる。

「……碧玲さま！　私はこの竹筒の扱いにも、毒蜘蛛の扱いにも慣れております。私が歩揺で毒蜘蛛を刺し、歩揺に毒をつけます」

「いや、しかし、それは危険だ」

「どうか碧玲さまは皇后陛下をお守りください。できるだけ離れた場所で……！」

彩可の必死の提案に、碧玲はわかったと頷く。

「月明かりが入る窓の下で竹筒を開けてくれ。私と皇后陛下はこの隅で待機する」

彩可は自分の歩揺をしっかりもち、竹筒を地面に寝かせ、ふたをゆっくり外していく。

蜘蛛が筒から出てくるまで息を殺して見守り——……黒い影が動いた瞬間、歩揺をもった手を振り下ろした。

嫌な感触が手に伝わったことで、彩可は蜘蛛を刺せたことを知る。

はぁはぁと肩で息をしながら、必死に眼をこらして、本当に死んだかを確認した。

「ひっ、ひぃ……！」

ぴくぴくと動いている蜘蛛が恐ろしくて、怯んでしまう。

碧玲はすぐに彩可と交代し、蜘蛛が死ぬまで歩揺をもち続けた。

「もう大丈夫です。生き返ることはありません」

莉杏は、今度は自分の番だと動き出す。

彩可の筆記具を使い、この手紙をもってきた人が毒蜘蛛に刺されていることと、治療をしてあげてほしいことを、手紙につけ足しておく。

「準備ができました」

莉杏が書き終わると、碧玲は毒蜘蛛が刺さったままの歩揺をもち、静かに扉へ近よる。

扉の隙間から、こちらに背を向けている見張りが見えている。

扉にもたれているおかげで、勢いをつければ歩揺を軽く刺すぐらいのことはできそうだ。

――首筋が狙い目だな。

碧玲は深呼吸をしたあと、歩揺を握り直し、素肌が出ている部分へ突き立てた。

「いてぇ‼　なんだこれ‼」

見張りは毒虫に刺されたのだろうかと、慌てて手で首のうしろを払う。

碧玲は蜘蛛の死骸を地面に落とし、つま先で蹴り、見張りの足下へ移動させた。

「毒蜘蛛の毒を塗った歩揺で刺した。足下を見ろ」

「なっ……!?」

見張りはもっていた灯りを足下に向ける。潰れた毒蜘蛛を見て、小さな悲鳴を上げた。

「なにをするんだ！　くそっ！」

「この毒蜘蛛の毒は強烈だ。放っておくと、朝には呼吸ができなくなるぞ」

碧玲は、毒蜘蛛の種類なんてわからない。本当にこの男が死ぬのかもわからない。

それでも今はそういうものだと信じて脅す。

「死にたくなければ、茘枝城にいる宮廷医に解毒剤を処方してもらうしかない」

「……宮廷医!?」

「お前が解毒剤を得られるように、紹介状を書いてやろう。……ああ、断ってもいいぞ。朝にはお前の死体が発見されて、新しい見張りが立つだろう。私たちは同じことを新しい見張りにするだけだ」

「うう……！」

見張りは、ただの歩揺で刺されただけだと、必死に自分へ言い聞かせた。

しかし、足下には黒くて大きな蜘蛛の死骸があって、首筋がやけに熱くなってきていて、本当に死ぬのではないかという恐怖が少しずつ膨らんでいく。

「主人に、毒蜘蛛に刺されたといえば……！」

「宮廷医しかもっていないような貴重な材料を、お前のために用意してくれると思っているのなら、相当の自信家だな」

　金で主人を裏切ることはなくても、命がかかっていたら主人を裏切ることもあるはずだ。

　莉杏たちはそこに賭け、見張りとの取引が成功することを祈った。

「迷う暇はない。毒が回ったら動けなくなるぞ。今すぐ毒蜘蛛に刺されたから見張りを交代してほしいと言い、この手紙を茘枝城に届けに行くんだ」

　碧玲の冷たい言葉によってとどめを刺された見張りは、地面に膝と手をついた。

「し、死にたくない……！」

「ああ、そうだとも。この手紙を武官の翠進勇か功双秋に渡せ。直接陛下に渡そうとしたら、取り次いでもらえない可能性もあるからな」

　碧玲は扉の隙間から見張りに手紙を渡す。

「中身を確認してもいい。お前の治療を頼む手紙だ」

「……ううっ」

　見張りは手紙を開き、自分の治療を頼んでいる文章があることを確認した。

「さぁ、行け!!」

　碧玲の号令に、見張りは慌てて立ち上がり、走って行く。

莉杏はほっとしながらも、地面に落ちている紐を慌てて拾い集めた。

「碧玲！　皇帝陛下がこの屋敷にきたら、わたくしたちを誘拐した犯人は、わたくしたちを人質にとって逃げようとするかもしれません！」

莉杏は倉庫の扉の取っ手同士を紐でくくる。

暁月がきてくれるまで、今度はこの倉庫内で籠城戦をしなければならない。

「わかりました。私がやります。ほどけない結び方がありますから」

碧玲は紐同士を繋いで長くし、複雑な手順で結んでいく。

「皇后陛下、彩可、歩揺や帯飾りをすべて出してください。隙間から刃を入れられたら、布の紐だと簡単に切られてしまいます」

莉杏と彩可は、歩揺や帯飾りを碧玲に渡す。

碧玲はそれらを使って紐の周りを固め、すぐに扉を破られないようにした。

「木箱も積みましょう。その窓からの矢を防ぐことぐらいはできます」

埃にまみれながら木箱を碧玲の指示通りに動かし、ささやかな準備を終えた。

「……助けはどのぐらいでくるでしょうか」

彩可の不安そうな声に、碧玲は扉の向こうをにらみながら答える。

「捕まったあと、犯人の馬車で移動させられたが、すぐにここへ到着した。ここは茘枝城からそう離れていないはずだ」

できることはやった。あとは待つだけだ。

莉杏が落ち着かない気持ちにひたすら耐えていると、扉の前に立っていた碧玲が腰の剣に手をかける仕草をした。しかし、剣はない。

「足音です……！　これは、複数ですね」

助けがきたのか、犯人がきたのか、現時点では不明だ。

莉杏は碧玲のうしろでじっとしながら、扉の向こうを警戒する。


「——皇后陛下、助けにまいりました。ここにいらっしゃるのでしょう？」

莉杏と碧玲は、この声に聞き覚えがあった。これは礼部尚書の声だ。

現時点では、誰かに脅されて言わされたというような声の震えはない。

「今、その扉を開けますね」

鍵を外す音と、かんぬきを抜く音が聞こえる。莉杏たちは木箱を扉に押しつけた。

「もう大丈夫ですよ。……っ、開かない!?」

礼部尚書の驚く声を聞きながら、莉杏たちは木箱を押す手に力をこめる。

「礼部尚書、助けにきてくださったのなら、陛下をここにお呼びください」

莉杏は、誰かにとらわれたとき、または動けなくなったとき、助けにきたと言って現れた者をすぐに信用してはならないという教えを受けている。

暁月はいつも「必ずおれが迎えに行くからじっとしていろ」と言うし、碧玲も「私か陛下のどちらかがお迎えに行くまでは、誰に呼ばれても出ていってはいけません」と言っていた。

礼部尚書が助けにきてくれたのだとしても、まだこの扉を開けてはならないのだ。

「皇后陛下、相手は礼部尚書ですよ。この扉を開けて保護を頼んだ方が……」

彩可は大丈夫ではないかと言うけれど、碧玲は首を横に振る。

「敵の可能性がある間は、敵だと思って動け」

警戒しすぎただけなら、あとで謝罪すればいい。

しかし、敵だったのなら、取り返しがつかない。

「……陛下もすぐにいらっしゃいますよ」

礼部尚書の声と同時に、どんという鈍い振動が伝わった。同時に、取っ手に巻きつけておいた紐がきしみ、嫌な音を立てる。

(誰かが扉に体当たりしたみたい。……道具を使われたらすぐに破られてしまう)

そして扉と扉の隙間に、剣の切っ先が入りこんできた。それは勢いよく下ろされたけれど、莉杏の歩揺に阻まれる。

「おのれ……！　くだらん小細工を……！」

ようやく彩可は、無理やりこの扉を開けようとする礼部尚書の様子から、礼部尚書は自分たちの味方ではなく敵なのだと認識できた。

「斧を借りてこい！」

体当たりしても駄目、剣で紐を切ることもできないと判断した礼部尚書は、扉の破壊を指示する。

（借りてこい……？　わたくしを攫った人物は、礼部尚書ではなさそう……？）

この倉庫は、別の誰かのものなのかもしれない。

明らかに準備が足りていないこの誘拐は、おそらく本当に偶然成功したものなのだ。

――だったら、絶対に助けがくる。

そして誘拐犯と礼部尚書が残した証拠から、罪を追求できるはずだ。

「早く扉を壊せ！」

礼部尚書の声のあと、鈍い音が響き、斧の刃がこちらまで届いた。

間近で見てしまった彩可は思わず木箱から手を離し、悲鳴を上げる。

（陛下の助けは間に合わない!?　わたくしが礼部尚書と交渉してみる……!?）

礼部尚書は、自分の娘を皇后にしたい。

莉杏がそれでもいいと言えば、暁月の元へ返してくれるだろうか。

（でも、皇后のわたくしに剣と斧を向けたのなら、もう殺すことを決めているわ）

交渉はできない。ならば、時間を引き延ばすぐらいのことはしたい。

「礼部尚書、わたくしからの助言ですけれど、死にたくなければ今すぐ逃げた方がいいですわ。陛下はこのことをご存じですよ」

「ふん、どうやって知るとでも？」

「この誘拐はあまりにも突発的なものです。偶然成功しただけでしょう。証拠なんていくらでもあります。わたくしを殺したら、皇后殺しの大罪で裁かれてしまいます。このまま処刑されるよりも、国外に逃げた方がよろしいのではありませんか？」

莉杏を殺しても殺さなくても、結果は一緒だ。

こちらの提案に、ほんの少し礼部尚書が迷いを見せた。

「……いや、今すぐ皇后を殺して死体を処分し、残っている証拠を消せばいいだけだ」

莉杏の精いっぱいの説得は、終了をあっさり告げられてしまった。

子どもの浅知恵ではなにもならなくて、莉杏はがっかりする。

その横で頭を抱えて震えていた彩可は、礼部尚書が莉杏を殺すと宣言したことに、腹が立ってきていた。きっとこんな風に従姉の一族は殺されたのだ。簡単に、罪悪感もなく、あっさり殺すと言われた。

「どいつもこいつも、簡単に人を殺そうとする……！」

偉い人というのは、あまりにも身勝手だ。

女官長も、いざとなったら皇后を守るために死ねと指導していたし、この武官の女も皇后を守るために死ねと言うのだろう。

けれども……、莉杏だけは違う。

──碧玲にも彩可にも死んでほしくありません。みんなで助かりたいのです。

自分よりも立場が下の者たちを、当たり前だという顔で救おうとした。

この子と一緒に生き延びたい、と願った彩可は、怒り（いか）のような感情に支配される。


「っ、皇帝陛下──!!　皇后陛下はこちらにいらっしゃいます!!」


彩可は窓に駆けより、そこから大声を出す。

突然の大声に、莉杏と碧玲だけでなく、礼部尚書たちも驚いた。

「黙れ、黙れ!!」

「早く助けにきてくださいませ!!　ここです!!　皇后陛下はこちらに!!」

彩可は必死に声を張り上げる。喉（のど）が痛いけれど、気にすることはなかった。

──近くに誰かいたら、駆けつけてくれるかもしれない。

駆けつける人がいたら、礼部尚書は手を止めて言い訳をするだろう。

（……彩可！　そうよ、叫んでおけば、わたくしを探す陛下の手間が省ける！）

ようし、と莉杏は大きく息を吸いこんだ。

「陛下！　助けてください‼　わたくしはここです‼」

莉杏もまた、窓に向かって大声を出す。

（お願い、陛下、どうかわたくしを助けて……！）

必死に暁月へ祈ったそのとき、よく通る声が聞こえた。


「宴の余興にしては、趣味が悪すぎるだろ」


莉杏は大きな瞳を円くする。まさか……と喉を震わせた。

「あ、貴方は——……皇帝陛下⁉」

扉の向こうの礼部尚書も驚いていた。これは夢ではない。

「そうだよ。おれが皇帝陛下だ。なにぼけっと突っ立ってんだ。跪け。……おい、こいつらを捕まえて牢に放りこんでおけ」

その言葉と同時に、怒りの声や剣を交えるような音が響いてきた。

しばらくすると、荒っぽい足音と、そして礼部尚書の「違うんです！」という言い訳の声が遠ざかっていく。

「碧玲、扉を開けろ」

「あ、はい！　申し訳ありません。少し時間がかかりそうなので、隙間から刃物を……」

「ならこっちでやる。莉杏、下がっていろ」

その声で、碧玲は扉に張りついていた莉杏の肩を摑み、扉から引きはがした。

剣の切っ先が扉の隙間に差しこまれる。そして礼部尚書のときと同じく、勢いよく振り下ろされた。

——礼部尚書のときとの違いは、速さと音だ。

剣の切っ先が見えないほどの速さで振り下ろされたあと、歩揺の破片が落ちていき、紐もはらりとほどけていく。

勢いよく扉を蹴る音のあと、複数の松明の光が倉庫内を照らした。

そして剣を鞘に収めた暁月の姿も、莉杏の視界に入ってくる。

「陛下……」

暁月が埃っぽい倉庫の中に足を踏み入れ、莉杏に手を伸ばした。

「迎えにくるのが遅くなって悪かったな」

莉杏は無我夢中で地面を蹴り、暁月の腕の中に飛びこむ。

「陛下、陛下‼」

「うっわ、歩揺と紐だけでの籠城戦かよ。よくもったな」

暁月は莉杏を抱き上げながら、倉庫内をじろじろと見た。

莉杏はもう離れないとばかりに、必死に暁月へしがみつく。

「詳しい話はあとだ。茘枝城に帰るぞ」

暁月の言葉のあと、進勇が碧玲に駆けよった。彩可には双秋が声をかけている。

「碧玲、怪我は？」

「全員無事だ。ここはどこなんだ？」

「吏部尚書の屋敷だ。吏部尚書も捕らえてある」

進勇の返事に、莉杏は感動の再会を中断して驚いた。

「吏部尚書⁉」

礼部尚書の家ではないという推測はしていたけれど、まさかの名前が出てきた。

一体なにがあってこうなったのか、ちっともわからない。

唯一わかるのは……。

「わたくしを助けにきてくださった陛下が、とても格好よかったです……！」

莉杏は、暁月が自分からどう見えたのかを熱く語る。

「陛下と同じことを礼部尚書もしたのですけれど、礼部尚書の剣はわたくしの歩揺にひっかかってしまったのです！　でも陛下はたった一度で斬ってしまいました！」

「勉強しかしていない礼部尚書と、禁軍にいたおれを一緒にするなって」

「それだけではありません！　光に照らされた陛下が、本当に素敵だったのです！　わた

くしに絵心があれば絵で表して残して、詩歌の心得があれば感動を詩歌にして残して、刺繍の腕が素晴らしければ刺繍で表して残したのですけれど……！」

「なら他のやつに頼めば？」

「駄目です！　わたくしの陛下を独り占めしたいのです！」

碧玲も彩可も見たのでは、と暁月は思ってしまったのだけれど、それを指摘するのもなんだかなぁという気持ちになり、黙っておくことにした。

「はいはい。思う存分、心の中で独り占めしておけ」

「そうします!!」

莉杏を抱いたまま暁月は歩き出す。

仲のいい夫婦の姿を、彩可は双秋に支えられながらじっと見つめた。

「……取り入る隙なんてなかったのね」

毒蜘蛛を使って皇帝にすりより、寵愛を受けようとする計画は、あまりにも浅はかだった。実行しなくて本当によかったと、心からほっとした。


後宮で湯を使っているうちに莉杏は眠くなってしまったので、他のことはすべて翌日に回された。

朝と昼の間ぐらいに起きた莉杏は、ようやく昨晩の事件についての詳しい話を暁月から教えてもらう。

「元々、礼部尚書がわたくしを襲撃しようとして、吏部尚書が明煌を襲撃しようとして、でもお二人は陛下の作戦によって襲撃を断念していた。……のなら、わたくしはなぜ誘拐されたのですか？」

後宮の皇后の宮で、莉杏が茶を飲みながら首をかしげると、暁月はため息をついた。

「色々偶然が重なったんだよねぇ……」

莉杏が乗っている馬車の出発が遅れたことや、蕗家の屋敷の門番が吏部尚書の馬車を間違えて止めてしまったこと、吏部尚書があとから莉杏の馬車がくることを察し、偶然にも傭兵と武器が馬車にあったことから、礼部尚書を巻きこんだ新たな計画を練ったということを順番に説明していく。

「……運よくわたくしを誘拐できたのですね」

「突発的な誘拐だから、そのあとが雑だったな。倉庫の見張りは二人にするとか、基本的なこともできていない」

暁月は、莉杏の馬車が到着しないという警備責任者からの報告を受け、莉杏の馬車を捜索させた。

馬車はすぐに見つかった。御者の死体もあった。けれど、中に乗っていた莉杏と碧玲と女官がいない。

「最初は金目当ての誘拐で、あんたを皇后と知らずに襲ったんだと思っていた。現場から急いで離れるだろうから、首都の出入り口を見張れと命令したんだよ」

事態が急変したのは、莉杏の字で書かれた手紙をもった男が双秋を訪ねてきたときだ。男は毒蜘蛛で死にたくないとわめき、手紙は皇后が書いたと叫び、すべて吏部尚書の仕業だと明かした。

「そうです！　わたくしの手紙！　陛下はわたくしの字だとわかりましたか⁉」

「あんたに似せた字という可能性もあるだろ。……でも明煌が、あんたの字だって」

莉杏の書の先生である明煌は、莉杏の字を見て「皇后陛下の字です」と断言した。

——ゆっくり書いています。それは、手が震えそうになるのを必死に抑えこんでいるからです。わずかな震えも字に表れています。別人が似せて書いたものであれば、もっと滑らかに書こうとするでしょう。

明煌の言葉によって、暁月は手紙の内容をすべて信じることができた。

「こういうときのために、おれたちだけにわかる合言葉とか、あとで考えようぜ」

「はいっ！」

二人だけの合言葉というとんでもない提案が暁月から出てきたので、莉杏は愛の力にがっかりすることをうっかり忘れてしまった。

「明煌はすごいな。毒蜘蛛に警戒しろという怪文書の字も見せたら、いつも綺麗な字を書くやつがわざと下手に書いた字だって言い当てたし。まぁ、それはいいや」

　暁月は、今は誘拐事件だと話を戻す。

「吏部尚書はあんたに興味がなかったはずだから、誰かと手を組んだのかもしれないと思って駆けつけたら、礼部尚書がいたわけ。誘拐した皇后を渡す代わりに自分の孫を皇太子にするという約束でもしたんじゃない？」

　暁月は莉杏の元へ駆けつけてから、ようやくこの誘拐騒ぎの全体像を把握できたのだ。

「碧玲の報告で知ったんだけれど、女官の彩可は気味悪い趣味をもっているんだって？」

　莉杏は、暁月の質問に明るい声で答えた。

「そうです。蜘蛛を飼う趣味があるようです」

「……ま、落ちていた蜘蛛は、医者によると『刺されても二、三日腫れて痛いだけ』らしいんだけどね。あの蜘蛛で人を殺すことはできない」

「ええ、そうです。見張りを騙せてよかったです」

　莉杏はにこにこ笑う。暁月はしばらくうさんくさそうにしていたが、それ以上の追及はしなかった。

「皇帝陛下、伍彩可をお連れしました」

女官長の声に、暁月は「入れ」と言う。

彩可は女官長と共に部屋に入ってきて、それからずっと頭を下げていた。

「女官長、あんたは下がっていろ」

「……承知いたしました」

女官長は、暁月が怒っているわけではなさそうだと判断し、部屋から出て行く。

残された彩可は、今までの自分の行動を思い返し、背筋を震わせた。

「あんたさぁ、八年前に首をつった女官の従妹だって？」

暁月は面倒な腹の探り合いをする気はないと、すぐ用件に入った。

「……はい」

彩可は、戸籍を調べられていたのなら否定しても意味はないと諦め、素直に頷く。

「女官になって、八年前の事件の真相を探りたかったわけ？」

「そうです」

「残念なことに、八年前の事件のときにいた妃はみんな道教院か実家にいる。皇帝は墓の中にいるし、あのときの女官と宮女はほとんど辞めていて、当時の噂話ぐらいしか残っていないんだよねぇ」

暁月は卓に置いてある紙をちらりと見る。

「例えば、あんたの従姉は琵琶の腕前を認められていて、指を怪我しないように料理関係の仕事から外されていた、とか。それなのに皿の欠片を料理に入れるという不思議な事件を起こしたこととかね。……そのぐらいのことは、あんたも知っているだろ」

彩可はその通りだと、さらに頭を下げた。

幽霊事件を起こし、月餅に皿の欠片を混入させても、従姉を陥れた犯人が誰なのか、彩可もさっぱりわからなかったのだ。

「でもまぁ、当時の妃に連絡をとって、あんたの従姉の敵ってやつを特定したよ。本当かどうかはわからないけれどな」

暁月は、卓に置いていた紙を彩可に投げつける。

ひらひらと落ちていった紙は、彩可の足に当たって止まった。

「……っ」

彩可は手紙を拾い、広げる。

「その主犯の女、もう墓の中だけれどな。場所も書いておいたから、好きにしろ」

「え……？」

彩可は紙を握りしめたまま、小さな声を上げる。

従姉と一族を簡単に殺してしまった敵が、もう死んでいるとは思っていなかった。

「どうして……」

「さぁ？　後宮には倒れたという記録が残っているだけだ。あんたのためになんでおれがそこまで調べてやらないといけないわけ？」

　暁月は彩可をにらみ、命じた。

「もう行け」

　彩可は冷たい視線に身体を震わせ、慌てて頭を下げて部屋を出て行く。

　暁月はぬるくなった茶にくちをつけ、後宮のどうでもいい騒動がようやく本当に終わったことにため息をついた。

「陛下、彩可のために色々とありがとうございます」

　暁月は、八年前の事件の真犯人を見つける必要なんてなかった。

　それどころか、毒蜘蛛を飼っていた彩可を問い詰めて後宮から追い出すこともできたし、証拠はなくても皿の欠片の混入事件の責任をとらせることもできたはずだ。

「これはあいつのためじゃない。あんたのためだよ。小娘の浅知恵で後宮を引っかき回されるなんて、絶対に嫌だからね」

　暁月の素っ気ない言葉に、莉杏は嬉しくなる。

「陛下、わたくしね、陛下のことが……」

　うふふ、と笑って耳元で内緒話のように囁く。

「大好きです！」

　えいっと暁月に抱きつけば、暁月の温かい手が頭を乱暴に撫でてきた。

「はいはい、知ってる」

くすぐったい感触に、莉杏から笑みがこぼれる。

いつか「おれも大好き」と言ってもらえるように、これからもがんばろう。

# 終章

結局、彩可は女官を辞めることになった。

表向きは家庭の事情ということにしたので、皆は結婚しなければならない理由でもできたのだろうと考え、なにも言わずに笑顔で見送った。

本当の理由は、「自己満足ではありますが、数々の騒動への責任をとりたい」である。

彩可の目的は、従姉の事件の真犯人を見つけることと、真犯人への復讐だ。

真犯人が判明し、そして死んでいることを知ってしまったら、彩可は後宮に残る必要はない。

「彩可の刺繍、とても綺麗だったからもっと見たかったわ」

莉杏はそう呟きながら、お手紙箱からもってきた二通の手紙を広げる。

片方の手紙はやけに分厚いと思っていたら、書かれている字に見覚えがあった。

「彩可からの手紙……!?」

辞めたのになんで、と首をかしげたが、難しいことではないとすぐに気づく。

彩可が同期の友人宛に手紙を書き、同封してある感謝の気持ちを綴った手紙を皇后のお手紙箱に入れてほしいと頼めば、親切な友人はその通りにするはずだ。

（彩可は賢いわ。女官長に手紙を託すと中身を確認されてしまうけれど、友人に頼めばそのまま届けてもらえる……！）

莉杏は二つの手紙を取り出すとき、手紙を重ねた状態でもち上げた。だから女官長は彩可の手紙を見逃してしまったのだ。偶然が味方してくれて本当によかった。

（どんなことが書いてあるのかな）

どきどきしながら読み進めていくと、挨拶のあとに彩可の近況が書かれていた。

墓に行ってみて、ここには書けないようなことをしてきたこと。

皇太子お墨付きの刺繍ということを利用し、自分のお店をもつ決意をしたこと。

いつか後宮から注文されるのが夢だということ。

どうやら彩可は、手紙には書けないようなことを真犯人の墓にすることで、気持ちを切り替えて生きていくことにしたらしい。

（どんなことをしたのかしら……！　落書きでもしたのかしら……！）

彩可の犯罪内容を知ってしまえば、見て見ぬふりが難しいので、『ここには書けないようなこと』のままにしておこう。

そして最後に、莉杏への謝罪と感謝の気持ちが丁寧に綴られていた。

——皆が気軽に人を殺そうとする中で、私のような立場の人間に「死なせたくない」と言ってくださった方は、皇后陛下だけです。あのとき、救われた気持ちになりました。そして、私のことを『刺繍が得意な女官』ではなく『刺繍が好きな人』という人間扱いをしてくださったことも、本当に嬉しかったです。ありがとうございます。

　彩可の心の中にあったほんの少しの後宮への未練は、これできっとなくなったのだろう。

莉杏はよかったと微笑んだ。

「きっと彩可の刺繍は、これから評価がもっと上がっていくわ」

　莉杏は皇帝の私室に飾られた掛け軸を眺める。

　書と裂地を職人に渡して残りの作業を頼んでおいたものが、昨日仕上がったのだ。

しまっておくつもりだった暁月を説得し、ここに飾ろうと押しきったのは莉杏である。

　素晴らしいものになった掛け軸を眺め、莉杏はうっとりする。

「美しい書に、美しい刺繍……！」

「……飽きねぇなぁ」

　暁月の呆れ声に、莉杏は笑顔で振り返った。

「陛下は飽きたのですか？　遠くから見ても近くから見ても、とても綺麗ですよ」

「毎日見られるから、ありがたみに欠けるんだよ」

　ときどき見るからいいんだと暁月は言い、莉杏が見ていた手紙をちらりと見た。

「これ、女官を辞めたあの女の手紙だろ。……あんな危険な女の手紙があっさり手紙箱に入るなんて、手紙箱の制度は穴だらけだな。もっとよく考えろ」

「はいっ！」

始まったばかりのお手紙箱制度は、問題だらけだ。明日、問題点をしっかりまとめてから、海成や女官長と一緒に話し合おう。

「……あんたさぁ、明日、おれと出かけるから」

明日の予定をうきうきと立てている最中に、暁月が突然の予定変更を言い出す。

「えっ⁉」

「視察に連れていくんだよ。退屈だろうけれど、我慢してよね」

「陛下と一緒ならどこでも楽しいです！」

皇后がどこかに出かけるときは、準備をたくさんしなくてはならない。

暁月は突然の予定変更をしない人だから、おそらくこの変更には大きな意味があるのだろう。

（明日は陛下とお出かけ……！）

それでも莉杏は単純に喜んでしまった。

翌日、莉杏は秋の風を感じながら、馬車からの景色を楽しむ。

皇后が出かけすぎると、周囲が大変だ。しかし、まったく出かけないでいると、見聞が広まらない。

たまに与えられる視察というお出かけは、莉杏にとってとても大切にしなければならないものである。

「……この街道に人がこんなにいるなんてな」

莉杏は以前の街道の様子を知らない。暁月の言い方からすると、この道を使う人はもっと少なかったのだろう。

(賑やかになったのは、陛下とみんながんばったからだわ)

ゆるやかではあるけれど、赤奏国は復興という道を歩んでいる。

吏部尚書と礼部尚書があっさり捕まったことで、今はとりあえず皇帝に従っておこうと考え直した者が多いらしく、会議がようやくまともに進むようになったと、祖父から嬉しい話を聞かせてもらっていた。

「莉杏、あれが堤防の工事だ。秋の収穫が終わると同時に、この辺りの民にも工事を手伝ってもらって、種まきに備える」

この国の皇帝は、もうずっと農作物のための工事を後回しにしてきた。そのせいで、川の氾濫で作物を駄目にしてしまった地方があちこちにある。

暁月は、来年こそは……と既に遠いところを見ていた。

「街道以外の道の整備に、橋の整備に、不作の地方への支援に……まったく、やることが多くて嫌になる」

そうは言いながらも、暁月の表情は穏やかだ。

なにか暁月にとって思い入れのある場所なのかと考え、地図と照らし合わせた。

「あ……もしかしてここは、戦場になるかもしれなかったところですか？」

堯佑軍と全面対決になった場合、開けた場所で軍と軍をぶつけ合うことになる。

この辺りがそうだったはずだと、莉杏は一面の水田を見た。

「そう。戦わずにすんだから、無事に収穫できそうだな」

もしここで大きな戦いがあったら、水田で稲を育てていた人はどう思うだろうか。

民にとっては、どちらが正しい皇帝だとか正しくないだとか、そういうことではないはずだ。

（戦わないことでも、民を守ることができる。民を幸せにするための色々な方法をわたくしはもっと学ばないと）

堤防工事の視察と農地の視察をすませ、田舎の学校を遠くから眺め、馬車で首都に帰る。

しかし、なぜか途中で街道から外れ、別の道を進み出した。

「陛下？　茘枝城に帰らないのですか？」

「ちょっと寄り道する。ちょっとだけな」

馬車は山の中を走っていく。

夕暮れが近づいてきていて、空が橙色になりつつあるとき、暁月が馬車の窓の外を指差した。

「ほら、これが炊飯の煙ってやつ」

海成の詩歌にあった食事をつくるときの煙が、山村の集落の家から出ている。それは次第に細くなり、橙色の空に溶けていった。

「これが……！」

「一度ぐらいは見ておいた方がいい。これがおれたちの守るものだからな」

——貧しさのあまり、薪を燃やすこともできない。

民の暮らしがそうならないように、暁月は毎日戦っている。

「想像よりも、とても温かくて優しい光景なのですね」

莉杏は、幸せな細い煙を窓からじっと見つめた。

「で、こっちが紅綾の山だ」

「うわぁ……！」

興奮した莉杏は、紅綾に負けないほど頬を赤く染める。

紅綾の山というものを、物語で、絵で、刺繍で見て、どんな光景だろうかと想像してきたけれど、本物の迫力は莉杏の想像を遥かに越えていた。

「日没後だったら寄り道を諦めるつもりだった。間に合ってよかったな」

「素敵……！」

ほんの一時の寄り道は、莉杏の心に多くの感動を与える。

きっとこの感動を残したくて、伝えたくて、みんな色々な工夫をしているのだ。

（……わたくしが守らなければならないものは、たくさんある）

来年も、再来年も、幸せな細い煙や美しい紅綾の山を見られるように努力しよう。

「わたくし、赤奏国のことがもっともっと好きになりました」

母国だから好きという当たり前の気持ちから、一歩踏み出せた。

夕日に照らされた莉杏の微笑みは、もう幼い少女のものではない。

「いいんじゃない？　好きになればなるほど、勝手に必死になれるからな」

「はい！」

ほんの少しの寄り道は、あっという間に終わってしまう。山道を下り、街道に戻り、旅人に混じって茘枝城へ向かう。

そのころにはもう暗くなっていて、月が昇り始めていた。

「これが秋の夜長ですね、陛下」

茘枝城に着いたら、湯を使って身を清め、軽く食事をしたあと、寝室に入る。

秋の夜は長い。莉杏はお気に入りの書物をゆっくり読みながら、暁月の帰りを待つ。

暁月が寝室に入ってきたら、読んだ書物の内容について熱く語る。
適当なところで暁月がもう寝ろといい、灯りを消して眼を閉じた。
——世界で一番安心できる腕の中で、今日も莉杏は眠る。

「……うん？　朝はもう冷えるのね」

ひんやりとした空気に包まれたせいか、莉杏は珍しく暁月よりも早く起きた。
暁月の寝顔をじっくりと見つめながら、幸せすぎる朝に感謝する。
（……城下の炊煙絶えず昇り）
あんなにも温かくて幸せな煙があることを、昨日、莉杏は知った。
紅葉した楓の葉に彩られた山の美しさを見て、感動した。
（山を仰げば楓葉は紅綾を織る）
（万民長夜に枕を高くして臥し）
秋の長い夜を、暁月の腕の中で過ごせた。
（暁日は明明として将に隆興せんとす）
美しい夜明けの中、自分にできることを今日も全力でしたい。
「明日も明後日も、素敵な夜明けになりますように」

幸せをたっぷりつめこんだ甘い声で莉杏は囁き、もう少しだけうとうとすることにして、暁月の腕の中に戻る。

「……あんたさぁ、そこは寝込(ねこ)みを襲(おそ)うところじゃないの？」

しかし、眼がぱっちり開いてしまうような言葉が、真横から放たれた。

「陛下!?」

「せっかく寝たふりをしてやったのに」

「ええっ!?　うそ！　陛下、もう一度寝たふりをしてください！　わたくしは今度こそ寝込みを襲いますから!!」

期待されていたのなら応えたいと、莉杏は必死に頼みこむ。

しかし暁月は、時間切れ～とあっさり起き上がってしまった。

「ううう～……」

折角の機会を失ってしまったと、莉杏は悔(くや)しがる。

暁月は莉杏を見て、にやりと笑った。

「明日も明後日も夜明けはあるから、せいぜいがんばれよ」

「勿論(もちろん)です！　それと……」

莉杏は大きく頷いたあと、暁月を見上げた。

「おはようございます、陛下」

暁月は、いつもと変わらない莉杏の嬉しそうな顔を見て、明日も明後日もこの笑顔を見たいと思ってしまう。

まずは……とくちを開いた。とりあえず、朝の挨拶からだ。

終

# あとがき

こんにちは、石田リンネです。

この度は『十三歳の誕生日、皇后になりました。4』を手に取っていただき、本当にありがとうございます。

莉杏から暁月への大好きの気持ちはずっと変わらないのですが、暁月から莉杏への気持ちがじわじわと変化している気がする……？　という四巻となりました。

莉杏は、皇后として、恋する乙女として、これからも色々な難問にぶつかることになりますが、暁月と共に温かい気持ちで応援していただけると嬉しいです。

コミカライズに関するお知らせです。秋田書店様の『月刊プリンセス』にて連載中の青井みと先生によるコミカライズ版『十三歳の誕生日、皇后になりました。』の第一巻が、二〇二〇年十一月十六日に発売します！　暁月がびっくりするぐらい格好良くて、莉杏の恋する気持ちがわかってしまうコミカライズ版も、ぜひ一緒に楽しんでください。

そして、白楼国の茉莉花と珀陽が主役の『茉莉花官吏伝』の最新刊となる第九巻、高瀬わか先生によるコミカライズ版の第三巻も（ほぼ）同時刊行しております。

二つの小説と共に、素敵な二つのコミカライズもよろしくお願いします。

特典等もありますので、公式サイトの確認もぜひしてみてください！


この作品を刊行するにあたってお世話になった方々にお礼を申し上げます。

ご指導くださった担当様、絆を深めていく赤奏国夫婦を描いてくださったIzumi先生（莉杏を見る暁月の表情がとても好きです！）、コミカライズを担当してくださっている青井みと先生、当作品に関わってくださった多くの皆様、手紙やメール、ツイッター等にて温かい言葉をくださった方々、突然の相談に乗ってくれた友人のみんな、いつも本当にありがとうございます。これからもよろしくお願いします。


最後に、この本を読んでくださった皆様へ。

読み終えたときに少しでも面白かったと思えるような物語であることを祈っております。

またお会いできたら嬉しいです。

石田リンネ

■ご意見、ご感想をお寄せください。
《ファンレターの宛先》
〒102-8177 東京都千代田区富士見 2-13-3
株式会社KADOKAWA ビーズログ文庫編集部
石田リンネ 先生・Izumi 先生

B's-LOG BUNKO
ビーズログ文庫

●お問い合わせ
https://www.kadokawa.co.jp/（「お問い合わせ」へお進みください）
※内容によっては、お答えできない場合があります。
※サポートは日本国内のみとさせていただきます。
※Japanese text only

# 十三歳の誕生日、皇后になりました。4

石田リンネ

2020年11月15日 初版発行

| | |
|---|---|
| 発行者 | 青柳昌行 |
| 発行 | 株式会社 KADOKAWA<br>〒102-8177 東京都千代田区富士見 2-13-3<br>（ナビダイヤル）0570-002-301 |
| デザイン | 島田絵里子 |
| 印刷所 | 凸版印刷株式会社 |
| 製本所 | 凸版印刷株式会社 |



ISBN978-4-04-736146-1 C0193


定価はカバーに表示してあります。
◇◇◇